生活的果实

记者日记选

江坪 著

红旗出版社

人们只有为同时代人的完美、为他们的幸福而工作，才能使自己也达到完美。

——马克思

前言

文 李丹

老领导江坪文思浩荡著述迭出。新书《生活的果实——记者日记选》一改宏大叙事，与同仁分享六十多年新闻生涯中片片温情，别有风味。

早年，江坪老师教我等：到了报社，不要想当官，一辈子做个记者。他真做到了。从青年才俊到部主任，总编辑，记协主席，直到今天，始终以记者名义自爱自重奋斗不懈。永不疲惫地采访啊，学习啊，思考啊，写作啊，讲演啊，挥洒文字扬善抑恶、风霜雨雪不易初心，时事变幻无改热忱，辛勤着，快乐着，收获着生命的丰盈。

读读《生活的果实——记者日记选》，愈觉新闻工作灵动有趣，堪称最迷人的职业。无论时代如何变迁，亦无论业态怎样重构，人类生活须臾离不开新闻。新闻引领我们认识生活，创造生活，享受生活。一辈子做新闻记者何其幸也。谨祝江坪老师职业生涯青山不改绿水长流。

自序

文/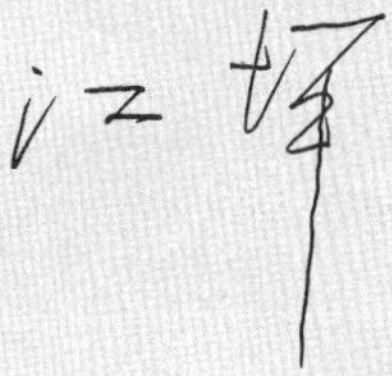

我从事新闻工作70年，采访过许多人和事，大都在新闻报道中发表了，有些新闻背后的故事，仍留在我60多年从未间断的日记中。而这些故事蕴含着生活的果实，也展现人生的多彩，很值得回味，应该与大家共享。

我在记者、编辑、部主任、编委、副总编、总编辑岗位，陆续发表了数百万字的新闻作品，与不少社会人士建立了真挚的友情。从总编辑岗位卸任后，许多社会活动邀我参与，担任多项公益性社会职务，这每个职务都包含着厚重的文化，要学习、思考和写作。日积月累，储存了一些文稿，都很有意思，说明社会生活是丰富多彩的，作为社会一员融入其中，也给自己带来了丰硕的生活果实，我就将这些画面展示出来，与大家分享。

我个人的经历中，留下许多抹不去的记忆。翻开历年的日记，一些故事让人牢记在心，这里有党组织的悉心培育，有亲人们的倾心关爱，有同事的热情帮助，也有众多友人的积极支持，它从另一个侧面也记载了生活的果实。

这本集子定名《生活的果实——记者日记选》。

生活，不仅仅是一日三餐，衣食住行。

人类社会，人际关系融洽，会结出一个个生活的果实。

一位哲人说：“最快乐的人生就是你无时无刻不感到被别人需要。”要学会帮助别人。“人”字的结构告诉我们，人要互相支持、互相帮助、互相分担。每个人都是社会的一员，一个人只有融入社会，并为社会不断做些力所能及的事情，那么他必然能收获生活的果实。

一朵朵小花的绽放，一颗颗小果的养成，都必须有扎实的生活基础。

扎根于生活，要保持健康的心灵，经受各种磨炼。健康的心灵，是对美好生活的信仰和热爱。人生需要磨炼，如同风雨过后的彩虹，把人生染上绚丽的色彩。扎根于生活，要从小处着眼。参与一个个生活平台，积累起来，就能结出一个个生活果实。

根深，叶茂，花艳，果硕，这是自然规律，也是人健康成长的规律。我们将根深深地扎在人民大众生活的大地上，就一定会绽放出鲜艳的花朵，结出累累的果实。

2022年金秋于“知不足斋”

目录

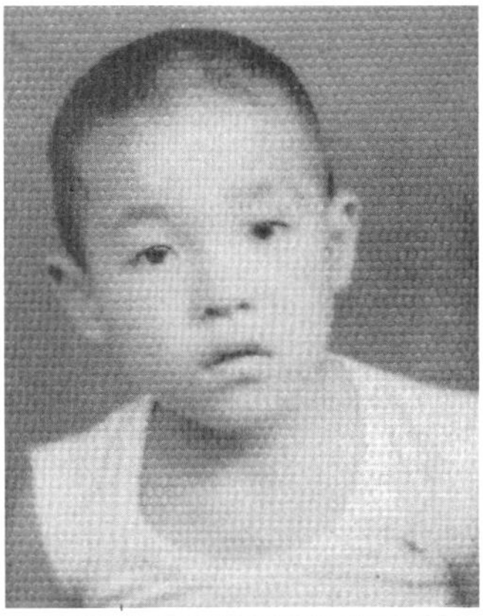

青少年时代。

01

故乡童年

故乡，是生我养我的地方，那青翠的山，碧绿的水，那民间的风俗，朴实的父老乡亲，让人永远记得住的乡愁。童年，记录着我成长的印记。那时受到的教育，获得的快乐，留下的记忆，都是难以忘怀的。

可爱的故乡：宁波

1983年11月8日

我又一次来到故乡宁波。

故乡是形象的、具体的，看得见、摸得着的。此地，有我深深眷恋的乡里乡亲，有陶冶我，使我成长的厚重文化，有敢为人先的创新经济，有大气开放的东方大港……这就是东海之滨的宁波。

宁波是河姆渡七千年的稻谷，是天童寺和阿育王寺越十个世纪而不息的磬鼓梵钟，是上林湖遍地的唐宋碎片，是它山堰底蕴着的耕作图画，是天一阁朗朗的读书之声，是保国寺绕梁而不栖的春翼振翅，是雄镇楼抗敌的胜利战鼓……

宁波是江厦街的钱庄，是大河路的木竹，是老三进的鞋袜，是缸鸭狗的汤圆，抑或是江北的槐树，江东的垂柳，海曙的荷叶清香。像月亮一样的湖，嵌镶着亭台楼阁，像渔网一般的河，倚立着枕河大宅。

宁波是天台山余脉四明山山麓，是石浦渔火白溪竹筏，是慈城走不完的青苔石板路，是长袍短套的甬剧，是茶楼酒肆的走书，是“安格楞登哟”的马灯调，是“咚格里登锵”的花鼓戏……

这，就是我的故乡宁波。

在宁波三江口。

我家的“家训”

2016 年 1 月 17 日

今天，我在《钱塘论坛》上发表了一篇《新春传播好家风》，说的是在辞旧迎新之际，许多地方开展写春联、贴春联、写“家训”挂堂前的活动，助推好家风发扬光大。

“家训”，是我们中华民族的一种传统文化，是传承优秀品德、激励后人奋进的一种载体。每个家庭几乎都有成文或不成文的“家训”。我家的“家训”，一直藏在我的心底里，作为自己成长道路上的一种精神支柱，这就是挂在家里客厅的一副对联：

芝兰君子德，松柏古人心。

兰花，轻幽，默默无声，带给人们清香、雅趣。

松柏，翠绿，巍然挺拔，带给人们生机、力量。

这副父亲崇尚的对联，告知后人一个真理：做人首先要立德。要有兰花那样的品德，要像松柏那样正直。

古人云，百行德为首。我们生活的社会里，有林林总总的行业，各行各业都有自己的职业道德，但九九归一，又有一个共同的道德标准，就是真心诚意地服务社会、服务大众。人们从事着各自不同的职业，是社会的分工。只有尽心尽职，按照职业道德规范行动，才会得到社会的认同。比如，商者以“戒欺”为准则，工者以“优质”为目标，文者以“真实”为基础，这样做，各项事业就必然兴旺。相反，如果商者以欺骗顾客为信条，工者以伪劣产品为荣耀，文者以造假为起点，这样做，必然会毁于一旦。

童谣伴我成长

2010 年 6 月 1 日

下午，应邀参加钱江晚报举办的“新童谣朗诵会”。

童谣，那飘着乳香的吟唱，是孩子们钟爱的歌谣。我就是童谣伴着长大的。

我出生在浙江镇海万嘉桥乡迎师桥村。老家门前有一块小晒场，盛夏的夜晚，祖母常常陪着我在晒场上坐着小竹椅，一面用蒲扇为我送凉风，一面教我学童谣。那时候我才 4 岁，印象最深的有两首：

“摇，摇，摇，摇到外婆桥，外婆对我笑，叫我好宝宝，糖一包，果一包，吃完饼儿还有糕。”——这首童谣教我勿忘感恩。

“一个蛤蟆一张嘴，两只眼睛四条腿，扑通一声跳下水。两个蛤蟆两张嘴，四只眼睛八条腿，扑通、扑通跳下水……”——这首童谣开启我的智商。

我母亲上过几年私塾，她引导我从童谣中获取丰富的知识。比如有一首时令童谣：“正月磕瓜子，二月放鹞子，三月种田下秧子，四月上坟抬轿子，五月白糖包粽子，六月吃饭扇扇子，七月西瓜吃心子，八月月饼嵌馅子，九月通红夹柿子，十月沙泥炒栗子，十一月落雪子，十二月冻死叫花子。”这首童谣将

在家乡宁波镇海的迎师桥上。

一年四季老百姓的生活形象地概括其中，也展现了宁波人特有的风俗。

更难忘的是，母亲教我唱童谣。小时候，我的脑袋长得较大，她就摸着我的头，唱了一则童谣："大头大头，下雨不愁，人家有伞，我有大头。"一边念，一边笑，朗朗上口，其乐无穷，逗得我也哈哈大笑。

儿时的乐趣

2015 年 5 月 20 日

上午，去省府大楼参加浙江省关心下一代工作委员会主任常务会议。会上，大家议论对青少年“寓教于乐”的问题，不约而同地回想起我们这一代人的儿时乐趣：一个人常常玩的是滚铁环、弹皮弓、放风筝等，几个人一起玩的是跳绳、打弹子、老鹰捉小鸡，还有“削水片”“拉拉渡”“拷瓦片”，盼着“麦芽糖”、爱吃“祭灶果”等等。

“削水片”

我常常一个人沿着家门口的河边走，在路边捡一块薄薄的碎瓦片，用力向河中一甩手，随一阵“嗒嗒嗒……”的声音，瓦片在水面忽上忽下，出现漂亮的水花，本来平静的水面因此泛着层层涟漪。只要投掷的角度和力量合适，碎瓦片会在水面上跳跃着向前，形成一串串水花，这就是“削水片”。记得我“削水片”，碎瓦片在水面上最多一次跳上十几跳。有时候，我约上几个小伙伴一起比赛，比谁水片“削”得远、跳得多，这是最高兴的。

“拉拉渡”

我老家门前，有一条通往宁波市区的河，河岸有一条渡船，船上没有渡工。渡船是木制的，两头皆呈方形，分不清哪是首，哪是尾。在船两头中间的部位，各装有一只铁环，上面系着长长的酒杯粗的麻绳。这绳长度相当于河的宽度。船不大，长 3 米多，宽 1 米多。船舱里没有座位，能容纳七八个人。船上的两根绳，一头系在河埠头的石孔里，另一头系在河对岸的树上。要摆渡的人上渡船后，两只手一前一后地一把又一把，把浸在水里的绳拉入船中，这样船前的绳子越来越短，而船里的绳子越来越长，靠岸后，空船又被拉到对岸。

对于这种“拉拉渡”，男孩子特别喜欢玩，大家上船后，有人开始拉绳，就在渡船到达河中央时，又有人朝相反方向拉起绳来。结果，船在河中不能前进，只是在晃动、打转。原来是孩子们开始水上拔河比赛了，水面上飘荡着大家的加油声和欢笑声。

“拷瓦片”

儿时还有一种游戏，叫“拷瓦片”——学着办酒席。孩子们用石头敲掉瓦片的棱角，敲成大体呈圆形，当碗盏，盛野菜、野果、野葱等“下饭”，办酒席。孩子有的当主人，有的当客人，有的当厨师……模仿起大人办酒席的样子来，都是像模像样的。后来，却演变成大人模仿小人的，搞小聚称“拷瓦片”，大家出钱出力。

“麦芽糖”

小时候，我很喜欢吃“麦芽糖”。每隔个把月，总有一个换糖人挑着“糖担”到村里来，随着一声“鸭肞皮废铜烂铁换糖嘞”的吆喝声，家家户户门洞里钻出许多“小不点”，有的拿着攒起来的牙膏壳，有的拎着几块破铜烂铁，还有的双手空空，是来凑热闹的。

“麦芽糖”，我们叫它“软皮糖”，用麦芽和糯米熬制而成，滑滑的，韧性特别好。换糖人不慌不忙地把我们送来的废品整理摆好，然后眯着眼睛估摸着价值，接着打开铁盒的盖子，掀起盖在“麦芽糖”上的一角白布，他左手拿铲、右手拿槌，对着糖块叮叮当当地敲打起来。随着这悦耳的击打声，长条的、方形的，还有许多不规则的糖块不时地被送到孩子们的手里。拿到糖的，是满脸兴奋和满足，但也有斤斤计较的，说是同样废品，换给他的糖少了。大多数时候，换糖人都是宽容地笑笑，再敲一小块作为补偿。

换糖结束了，小伙伴们也各自回家了。他们心里盘算着下个月怎样把废品再积攒起来，盼着换糖吃的那天到来。

“祭灶果”

农历十二月二十这一天，许多宁波人家都要准备好“祭灶果”，孝敬灶君菩萨，也称“送灶神”，亦称“过小年”。

小时候，到了这个时候很想吃甜甜蜜蜜的“祭灶果”。母亲早早买来了一张灶君像，恭恭敬敬贴在灶台的烟囱上，打开用厚粗草纸包的“虎头包”，里面是五颜六色的小点心，有芝麻糖、花生糖、冻米糖，有炸得焦黄、外面裹着糖衣的油果：红球、白球、麻球，还有三北豆酥糖，白白的、粉粉的，嚼起来很香、很韧。母亲分装在四个红木盒里，放在灶台上，全家老小恭恭敬敬地祈祷来年风调雨顺，五谷丰登，年年有余。祭拜之后，送走灶神，我们就可以吃“祭灶果”了，我最喜欢吃麻球和油果，又香又甜又酥。

如今，各种副食品已不再匮乏，孩子们对各类“祭灶果”的兴趣大不如从前。但是，“送灶神”供奉“祭灶果”这种风俗，寄托着生活顺顺利利、美好的意愿，却是十分珍贵的。

我的“中学”之门

1999 年 8 月 16 日

浙江文艺出版社的编辑写信、打电话约我为《中学生》写中学时代的生活，我犯难了，自己只上过初中一年级，整个少年时期几乎都是在工厂度过的，要写只能写童工生活，中学的生活只是擦肩而过。编辑听了认为可以写，而且更有特点。就这样，我打开了记忆之门，重温我的“中学”生活。

12 岁那年，我考入宁波第一中学。当时家住在江北岸安里桥，而一中的分部在城里月湖之畔，相距两三公里。我每天 5 点起床，草草吃点泡饭，带着妈妈为我准备的饭盒，背着书包就赶往学校了。饭盒里除了米饭，就是一点咸菜，或一块咸鱼，或一根油条，偶尔妈妈放一个咸鸭蛋，就算改善伙食了。这餐中饭，就在课堂里吃。下午放学，回到家里已是黄昏时分了。尽管生活清苦，但我懂得，家里供我上学很不容易，就一门心思读书，每次成绩都能使妈妈满意。

然而好景不长，读完初中一年级，爸爸对我说：“家里能卖的东西都卖了，实在交不起学费了，你书不要读了。”一听此话，我哭了起来。怎么办？我不读书，又能做什么呢？爸爸要我到商铺里当小伙计。我听了很不高兴：“不去，不去，要去就去当工人，开火车、造机器都可以。”要进厂当工人？爸爸一时难以理解我的抉择。但我从小就感受到，当工人是很神圣的。我小时候跟着爸妈住在山东青岛，读小学，家门口就是胶济铁路，每天火车隆隆地来来往往，我十分羡慕火车头的巨大能量。驾驶“火车头”，成了我心中的目标。要当就当工人，工人像火车头那样拥有巨大能量。爸爸看我小小年纪倒蛮有志气，但当时宁波没有通火车，便托亲友给我介绍到慎丰恒织布厂当学徒工。

当学徒工的苦难，是我从没有想到的。每天天不亮就起来，扫地、倒痰盂、伺候老板，什么活我都干，还要到整理车间去踏纱轮、扛 30 多公斤重的纱轴。晚上，睡的是只有一尺半宽的账桌，房间里阴暗、潮湿，令人苦闷。工头凶得像恶魔，那些瘦小体弱的摇纱、织布女工，进出车间都被搜身……有一天，一起惨剧发生了，织布车间一个童工看到纡子掉进织机里面，俯身去拾，一不小心，马达皮带将她右边的小辫子轧住了（当时女工没有安全帽），“嘶——”的一声，一阵惨叫，她右边的头发和右边的脸皮被马达皮带卷了下来，脸上血流如注，血肉模糊，痛得她在地上打滚……

多么可怕、黑暗的生活！从此，我没有欢笑，也很少言语。只有到夜晚，我在昏暗的灯光下读书，才从书中寻求到希望。我到处找书看，夏衍的《包身工》，使我备感亲切，文中写的都是我每天都能看到、感受到的事实：那阴暗、潮湿、窄小、气闷的工房，那瘦得像“芦柴棒”的童工，那凶得似恶魔般的“拿摩温”（工头）……《包身工》让我受到鼓舞，看到希望，尤其是结尾那句话：“黑夜，静寂得像死一般的黑夜。但是，黎明的到来，毕竟是无法抗拒的。”

1949 年 5 月 25 日，宁波解放了！那天早晨，我和厂里的工友一起跑到西门口迎接解放军，欢庆宁波解放。我手掌拍红了，喉咙喊哑了，表达了一个旧社会生活在最底层的童工内心的激动，由衷地感到解放的快乐！

解放军代表很快驻进了我们工厂，那位南下干部是山东人，和工人交谈有语言的障碍，我便当起“小翻译”（因为我小学是在山东青岛读的），在交谈中我懂得了不少革命道理。后来我参加了工会工作，14 岁，又加入了中国新民主主义青年团，并代表宁波青年工人在全市大会上表决心：向解放军学习，参加军事干校！会后，宁波大众报记者来采访我，还要我为报纸写稿。这是我第一次接触新闻记者，也就是这一次，对我以后的工作、生活产生了重大影响。当时，正是抗美援朝时期，我将工厂制定爱国公约的事情写成稿子，送到宁波大众报，第二天就被报纸刊登了。尽管只有豆腐干般大小的稿件，但令我激动不已——第一次看到自己的文字变成铅字，白纸黑字印在报纸上。

1952 年 5 月，组织上决定送我去杭州省总工会干部学校学习。按规定学员要满 18 岁，我当时才 17 岁，属于破格录取。通过干校 3 个月的学习，我第一次比较系统地学习了革命理论，感受到革命大家庭的温暖，也经历了人生转折。学习结束后，组织上决定让我留在杭州，去浙江工人报工作。就这样，我从一个纺织厂的童工，走上了党的新闻工作岗位，成了一名记者。

1958 年纪实文学《在甬江怒潮中》出版。

02

采访轶事

记者永远在路上。几十年的采访生涯，会留下一串串脚印，遇到一个个挑战，唯有面对、坚守、创新，才能真正体会生活的多姿，真正收获生活的果实。

第一次采访失败了

1952年9月13日

今天，是我到浙江工人报上班第三天。

上午，编辑部交给我一个任务：到杭州市第一医院采访一位刚从抗美援朝前线回来的医生，请他揭露美帝国主义在朝鲜投掷细菌弹的罪恶行径。

下午，我就到医院找到这位医生，请他介绍这方面的情况。

按理说，这个采访任务并不困难，但实际情况是，这位医生不善言辞，而我又不善于提问，结果采访失败了。究其原因，一是我对新闻工作者的社会责任缺乏认识；二是我第一次采访什么也不懂，缺乏必要的准备。

《在甬江怒潮中》出版

1958 年 5 月 17 日

下午，浙江人民出版社送来 5 本《在甬江怒潮中》，这是我写的一本人物传记，在浙江工人报连载后出版的，叙述的是大革命时期宁波工人领袖王鲲烈士战斗的故事。从中可以看出，宁波工人群众在共产党领导下，反抗英帝国主义、拥护和支持国民革命军北伐、与新军阀蒋介石作英勇斗争的光辉事迹。在采写过程中，我到上海、宁波、杭州等地访问了 20 多位老工人、老同志。他们都是和烈士并肩战斗过的老战友，虽然都年事已高，但他们谈起 30 多年前的情景和王鲲烈士时，记忆犹新，历历在目，勉励我把烈士的事迹写出来，传承烈士的革命精神。这本书的出版，是我向他们交出的答卷。

攀登四明山之巅

1962 年 5 月 4 日

《我们年轻人，不经风霜怎能变得坚强！——记开发四明山的城镇知识青年们》，浙江日报第一版头条刊登了我写的通讯。这篇稿件的标题，颂扬了青春因拼搏而亮丽的精神，也是我亲身的感受，因为采写过程，是对我的一次考验。

4 月 26 日的日记，我写了这样一段文字："凌晨 5 点从余姚出发，经梁弄镇上四明山区。此地竹林茂盛，犹如一片绿的海洋，在山风的吹拂中，掀起层层波浪。沿途还可以看到一处处种植药材的园地，偶尔还有一些野兔、山鸡窜来窜去……到达华盖山的林场已是中午时分，这里海拔 1117 米，是四明山第二高峰。林场场长朱镇南热情地向我介绍情况。他是四明山革命根据地的老战士，住过这里的山洞，吃过这里的野果，如今又和年轻的建设者生活、劳动在一起。晚上，我访问了第一生产队的年轻人，他们学习革命前辈，不怕艰难困苦，立志把四明山建设好，讲了不少感人的故事。"

4 月 27 日的日记，我写道："清早 6 点半，跟朱场长去十里之外的鹁鸪岩，要爬两座岭。岭很陡峭，要手脚并用，一步一步地往上攀登，膝盖都能碰到嘴巴，朱场长在后面保护我。爬完两座峰，全身汗水淋淋，人感到很疲倦，喉咙也哑了……这大概也是对我的考验吧！但不管怎样，采访任务一定要完成。”

采写《企业家的歌》的感悟

1983 年 4 月 26 日

我经常在想，记者的责任是什么？记者不仅是时代的记录者，更是社会进步的推动者。为此，我们要悉心了解和真实报道推动社会进步的先行者。今天，《企业家的歌》发表，是一个典型的实例。主人公是海盐衬衫厂厂长步鑫生，采访前，我们听到一些人对他有不少议论，主要是说此人有些像旧社会资本家，对工人十分苛刻。通过采访，我们对此有了新的评价。党的十一届三中全会以来，步鑫生解放思想，在企业经营管理方面进行了一系列改革，确定了质量第一、信誉至上的办厂宗旨，打破吃“大锅饭”的旧体制，推行了一条以联产承包责任制为核心的管理措施，创造了一套重视经济工作同关心职工生活相结合的思想政治工作方法，大大调动了全厂职工的积极性，使工厂面貌发生了巨大变化。对于这样推动时代进步的弄潮儿，新闻工作者有责任满腔热情地为之传播。

链接：

这篇报道发表后，反响热烈，全国各地许多企业到海盐取经。新华社十分关注，在 1983 年七月、八月间，专门写了内参，时任中共中央总书记胡耀邦看后作了批示：“对于那些松松垮垮、长期安于当外行、做一天和尚撞一天钟的企业领导干

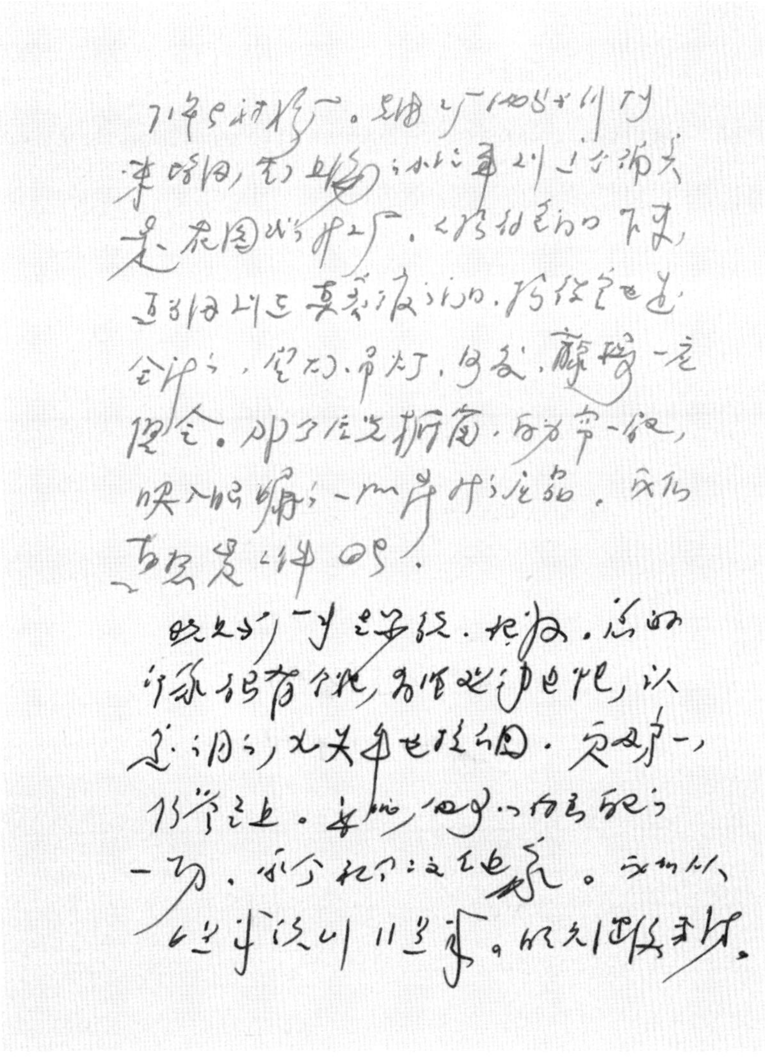

当年采访步鑫生的笔记。

部来说，步鑫生的经验应该是一剂良药。”浙江省委作出了支持和提倡步鑫生改革创新精神的决定。

1983 年初，我是浙江日报机动组组长，专门研究采写重大题材，陈冠柏、周荣新是组内的成员，这篇报道是我们 3 人在海盐作了大量调查研究后完成的。

这篇报道，被中国记协评为当年年度好新闻特别奖。

真诚感动主人公

1981 年 12 月 12 日

《中国讲师和德国博士帽》今天发表了。中国讲师就是路甬祥，采访他的时候遇到了难题：当时，他刚从德国回来，已获得 5 项专利。回国后，他要立即筹建我国第一个“机械液压研究室”，加上教学、科研工作，十分繁忙，接待众多新闻媒体采访与从事专业工作矛盾很大。他决定开一个新闻记者招待会，一次性回答记者提问。这对我来说十分为难，因为在这之前，时任浙江省委书记铁瑛同志在接见路甬祥的时候，对我说：“要好好写写这位对祖国作出突出贡献的知识分子。”而路甬祥对我也不开“小灶”。

怎么办？我就以记者的一片真诚去感动这位主人公。我先打“外围战”，去路甬祥爱人所在单位采访，通过对他爱人的采访，了解到许多素材，诸如路甬祥对事业的执着追求，对祖国发展的热切盼望，等等。然后，又去路甬祥两个孩子所在的学校，通过孩子们对父亲的印象，进一步了解路甬祥在工作、生活中的若干细节。我的这些采访活动，感动了路甬祥，他答应单独与我谈两个小时，要我事先列出需要采访的问题，以便他做好准备。我列出 25 个问题交给他，约定时间后，去他家谈了。在交谈过程中，我注意观察和了解他的居住条件和他现在碰到的困难，这些虽然不属于“采访”之列，但我记在心里，并尽自己力量向有关方面作了如实反映，帮助他解决一些难题。我的行动，进一步感动到路甬祥，他给了我“特殊政策”，随时可以找他谈心。经过一段时间的交往，我既完成了《中国讲师与德国博士帽》，又与他增进了相互了解和友谊。从此之后，我们经常往来，春节也有走动，吃宁波汤团，谈家乡风俗，叙同志友情。

与路甬祥。

赴青川慰问地震重灾区的同胞

2008 年 7 月 31 日

今天清晨我从家里出发，到机场与浙江省慈善总会组织的慰问团同志汇合，登机赴汶川大地震重灾区之一青川县。

我是以两种身份去青川慰问的：一是作为省慈善总会副会长，代表浙江爱心人士慰问受灾同胞；二是作为浙江日报报业集团的一员，代表集团履行支援灾区的一项承诺：钱江晚报“1＋1爱心助学活动”和今日早报“助养助学活动”，帮助学生近 1800 名。

从杭州到青川，行程为 11 个小时，因为震区交通没有恢复，成都至青川的盘山公路到处坑坑洼洼，山上不时有岩石滚下来，在一些危险地段，都有专人守护、指挥。

到达青川县城已是晚上 7 点，街上黑沉沉的，我们看到的房屋，多数倒塌了，有的裂开了，有的倾斜着，人们都住在帐篷里或活动板房中。

县里向我们提供了一份灾情数据，令人触目惊心：大地震中，全县死亡人数 4377 人，受伤 12811 人，其中重伤 1400 多人；98%房屋不同程度受损，大部分无法使用；直接经济损失 437 亿元……

和青川地震灾区的小朋友们在一起。

经历 6.1 级余震

2008 年 8 月 1 日

今天在青溪镇，我们遇到了 6.1 级余震。我在房间里，感到房屋阵阵摇晃，马上去开房门，还好房门尚能开启，说明房子还没有倾斜，我又马上躲进卫生间，这里空间小，支撑点多，可以防止受伤。这些地震小常识，是我在访问日本时学的，因为日本是个多地震国家。

问题是，住在我旁边几个房间的慰问团同志碰到地震，都尖叫着冲下楼去了，有的同志吓得脸色苍白……看来学点地震知识很有必要。上午我们去前进小学慰问。我们先察看了学校原址，此地已是一片废墟，断壁残垣，成片瓦砾。据县教育局同志介绍，校长刘永明的妻子在地震中遇难了。

当我们来到临时校区的时候，道路两旁早已等候的小学生们，齐声呼喊着欢迎口号："感谢浙江亲人，感谢浙江叔叔、阿姨！"看到这些六七岁孩子亲切的小脸，听着他们发自内心的感谢，我热切地抚摸着他们的脸庞，轻轻地握着他们稚嫩的小手，眼里滚动着泪水：这场大地震给他们幼小的心灵带来了严重的创伤，孩子们的家全毁了，许多孩子失去了亲人，但是他们并没有被吓坏，表现得很坚强！我代表钱江晚报和爱心家庭，向学生代表发放了"受助证"和书包，送去了浙江人民的亲情和爱心。

带领小记者访问香港

1996 年 8 月 8 日

下午，“浙江小记者访问香港”举行新闻发布会。省新闻工作者协会组织的“浙江小记者采访团”，由我任团长，到香港作为时一周的采访。

这次采访活动，以爱国主义教育为主线，通过小记者采访浙江籍在港著名人士，同时与香港小朋友举行联欢，谈香港的历史，谈港人爱港爱国，谈浙江的变化，谈老一辈对孩子们的期望，以进一步密切乡情，达到学习历史、迎接香港回归、教育后代的目的。小记者团从全省各市选定一名优秀少先队员参加，其中有希望工程资助的农民工孩子，有少数民族的少先队员代表。出发之前，我们对小记者作了培训。

在香港，小记者团采访了浙江籍香港特别行政区筹委会委员邵逸夫、金庸、曾宪梓、马临，浙江籍全国政协委员胡鸿烈，还采访了新华社香港分社副社长张浚生等。

小记者做客金庸家

1996 年 8 月 14 日

在风光秀丽的太平山上，金庸（查良镛）在他的别墅里与家乡的小记者亲切会面。

根据小记者的要求，金庸作为香港特别行政区筹委会委员，深入浅出地向孩子们讲述香港的历史：香港本来是一个小渔村，后来英帝国主义发动鸦片战争，逼迫清政府先后签订了《南京条约》《北京条约》和《展拓香港界址专条》3 个不平等条约，把香港本岛、九龙、新界租让给了英国。讲到这里，金老提高了嗓音："现在，我们中国强大起来了，'九七'香港回归祖国，就是有力的证明！"这席话，使小记者深受教益：过去国家落后，受外人欺凌；现在国家强大，香港才能回到祖国怀抱。

在采访中，小记者提出许多问题。

问："金爷爷，您写了许多武侠小说，您会武功吗？"答："哈哈，我不会。"小记者笑了。

问："金爷爷，您在小说中塑造了许多英雄人物，您在提倡一种什么精神？"答："英雄的性格都不同，我都喜欢。我主要提倡的是一种正义精神。正义终究会战胜邪恶。"

问："金爷爷，您现在还在写武侠小说吗？"答："不写了。

1996 年带领小记者访问香港，做客金庸家。

我想写点历史题材的小说。”

问:“您能给我们少年儿童写点小说吗?”金老笑了:“少年儿童小说比较难写。要写的话,我要返老还童了。”

在采访间隙,小记者唐吉尔(湖州二中初一学生、全国故事大王比赛一等奖获得者)向金爷爷说了一段《鹿鼎记》中“毛十八和吴大鹏的比武”故事。有声有色的表演,使金老高兴得拍起手来:“你记得很清楚,讲得好!”

最后,有一位小记者问:“金爷爷,您长期办报纸、当记者,请问怎样才能当好记者?”

金老说:“要打好文化基础,练好基本功,社会知识要很丰富。当然最重要的是要做一个诚实的人。”

当小记者向金老赠送小纪念品时,有一幅书法,金老看得特别仔细,这是全国少年儿童书法绘画比赛多次获奖者、舟嵊小学学生黄文江写的。金老边看边问文江是怎样练书法的,父母叫什么名字,等等。然后,他专门送给文江一套自己的作品,并在扉页上写道:“黄秋林先生、董平女士:恭喜你们有一个可爱的女儿,她的书法极有前途。金庸,1996 年 8 月 14 日”。

关于《推荐鲁冠球的一封信》的批示

2008 年 10 月 24 日

上午，万向集团董事局主席鲁冠球传来了一份材料，是中共中央政治局常委李长春看了我发表在《人民日报》上的一篇评论《推荐鲁冠球的一封信》后，写了一段批示："围绕三鹿事件，应发动经济界、企业界反思。建议选择一批诚信的典型、有责任的企业家，搞点专访，发表他们的文章，发一些评论，就三鹿事件开展讨论，推动全社会践行社会主义荣辱观，树立社会公德、职业道德和诚信为本的观念，在《人民日报》《经济日报》开展讨论。"

看到这个批件，我内心一阵激动。新闻舆论是推动社会进步的力量，记者要悉心观察和热情传播推动社会进步的先行者，鲁冠球就是这样的人。在三鹿奶粉事件发生后，他马上写给企业管理人员一封信，提出"企业经营要以德为本""社会责任是企业存在的前提"。这封信的发现与传播，是党的新闻工作者应尽之责。这封信能够得到广泛传扬，对于我个人来说感到幸福，幸福不在于物质上的享受，而是在于获得成功的喜悦以及产生创造力的激情。社会分工、工作岗位可以不同，但社会责任必须共担。没有责任心的人，社会不会认同，自己也没有乐趣可言。有了责任担当，就能与社会融为一体，其乐无穷。

1983 年金秋，在中央党校学习，和浙江同学在一起。

03

党校记忆

中央党校是党中央对领导干部进行马克思主义理论教育的主阵地。1983年，我被选送到这个党的最高学府进修，主要是学习辩证唯物主义和历史唯物主义基本原理和方法论。同学们十分珍惜这个难得的机会，真学、勤学、深学，短短半年，很受教益。

好好读点书

1983 年 8 月 31 日

下午，临时党支部大会传达胡耀邦同志对我们新学员讲的“四句话”：好好读点书；好好想点党和国家考虑的问题；好好总结实践经验；好好准备为人民做点新贡献。

支部会议后，开小组会，我被编入第三小组，大家选我为小组长。全组有 9 人，分别来自上海、江苏、浙江和福建，其中 4 人在报社工作，4 人在广播电视台工作，1 人是福建军区政治部新闻处处长。我们原先都不认识，但都是同行，一谈起来，话语就多了。今天主要谈要珍惜学习机会，如何相互学习，取长补短，都感到在中央党校进修，确实难得。新华日报刘向东表示，要掉几斤肉，读几斤书，决心可谓大矣！

新的学习材料发来一大批，哲学教学大纲中规定学习的有十二章。我们要一章一章地学，写好读书笔记。

开学典礼

1983 年 9 月 1 日

下午 3 点，中央党校 1983 年度秋季开学典礼在大礼堂举行。李先念、王震、万里、余秋里、陈丕显、王鹤寿等中央领导同志来了，说明政治局十分重视。

校长王震对我们提出 3 点要求：1. 认真读一些马列主义书，做一个保持清醒头脑的人；2. 增强党性锻炼，发扬党的优良传统；3. 要博览群书，掌握多方面知识。

常务副校长蒋南翔在讲话中用一个形象的比喻说明中央党校的任务：努力培养出一种新的优良品种——胜任四个现代化建设的共产主义战士！

开学典礼只用了 45 分钟，时间不长，很受教益。

预习“费论”

1983 年 9 月 5 日

上午把《绪论》重读完毕，并制作了学习卡片。

下午开始预习《路德维希·费尔巴哈和德国古典哲学的终结》第一、二部分。我曾在 60 年代初看过此书，印象淡薄，这次真的是有些看进去了。此书对认识马克思哲学的产生和发展及其伟大的变革意义大有帮助。事先预习，明天听课就比较熟悉一些，难点也容易记住。学习“费论”要结合学习毛泽东、邓小平文选中有关哲学方面的论述，使学习的理论更好地联系中国实际，联系我们的思想实际，做到有的放矢。

省委书记看望大家

1983 年 10 月 5 日

清晨，我接到王芳同志（时任浙江省委书记）秘书张德中电话，说书记要来看望在党校学习的浙江同志。他们是昨天下午来北京的，今天上午马上来看大家，这是省委对我们的关心和鼓励。我立即将这事向浙江同学讲了，约定上午 9 点钟在 24 号楼会议室集中。

很准时，王芳和薛驹（时任浙江省省长）同志来了。我们离开杭州才一个多月，见了省里领导同志备感亲切。在交谈中，王芳同志说，他在 1962 年和 1982 年两次来党校学习过，我们还是校友哪！他向大家介绍了今年浙江工农业生产情况：粮食产量可超过 310 亿斤，日子还是好过的，全省一般有 300 亿斤粮食就能让大家吃饱饭了。工业总产值可达 250 亿元，也是持续发展。他们希望大家身体健康，好好学习。

学习用图解

1983 年 10 月 6 日

这两天，大家都在复习前两个单元的哲学课。有的同志反映，时间不够，说自己年近半百，记忆力退化了。我认为，学习要靠勤奋，也要注意学习方法。记忆力差，就要多看、多想，要抓主要矛盾，如果不能把所有原理都弄清楚，至少要把主要的理念弄清楚。根据前阶段学习心得，今天我画了一张图表，将对立统一规律的要点，都细列在图表上，使人看了一目了然，而且比较容易联系实际。福建的老刘看到图表，便拿去抄录，说这是好办法。

下午，开始听法学课。第一讲是法的起源和本质，共安排八讲，都在学哲学期间排进去，听了第一课感到很有收获。

勤奋节俭的向东

1983 年 10 月 12 日

我们小组的刘向东同学，是一个勤奋节俭的人，毕业于南京大学新闻专业，是新华日报领导班子成员。我们朝夕相处，他给我留下深刻印象。

“掉几斤肉，读几斤书”，是他在党校学习的口号，真是说到做到。他告诉我，这次带了 50 元私房钱，专门买书，而他在食堂里只吃低价菜，省下钱来买书。

党校食堂实行登记预约制，每天都公布菜单和饭、面的品种、价格，事先登记好，届时服务员就将饭菜放在固定位置上，我们即可就餐。向东每天餐结算栏的金额，是全组最低的。有一天只花 2 角 5 分，而一盆 8 号菜就要 2 角 5 分呢！我有时候劝他注意营养，而他说是为了“减肥”！他经常吃的是青菜炖豆腐，最多再添一碟 2 分钱的辣菜。有时候只买 2 个馒头，拿回宿舍，夹一点家乡带来的“芝麻炒盐”，喝一杯麦乳精就是吃中餐了。

党校看电影，可以买月票，票分甲乙两种，甲票 1 元，乙票 7 角，可以看四五场电影。向东是全组唯一买乙票的，他说的也有点道理：大家都买甲票，也不一定都是好票，10 排前的 7 角，若能买到 10 排、9 排的，比 11 排、12 排边上的要好得多。

考试前夕的准备

1983 年 10 月 10 日

同学们都在准备哲学考试，多方搜集材料，书写学习心得。今天我给报社新闻研究所写信，请他们提供一些新闻真实性方面的材料，包括思想认识问题、失实报道的案例，自己也想几条，与认识论观点联系起来，准备写和本职工作有关的文章。另外，从邓小平文选中谈到的党的路线认识上，也考虑一二个选题：如矛盾的普遍性和特殊性与建设有中国特色社会主义的内在联系；怎样把对上负责与下面实际一致起来，不能当照抄照搬的“收发室”，等等。这个月确定选题，梳理观点，准备材料，下个月中旬写好两篇文章。当然，这不只是为了考试，目的在于要真正做到理论联系实际。

下午，预习第十章《历史唯物主义是无产阶级的科学史观》。

我的哲学答卷

1983 年 11 月 19 日

考试方案定下来了：40%是问答题，开卷考；60%是写专文。我考试专文选题是“坚持唯物辩证法，维护新闻真实性”，讲 3 个观点：

1. 从认识论的基本观点——物质第一性、意识第二性谈起，论怎么反映客观的真实性，这是新闻真实性的出发点和立足点，不从这个本源出发，就无所谓有无产阶级新闻，这是同资产阶级新闻观的原则区别，如同唯物主义与唯心主义的区别一样。2. 从分析事物真实性入手，看现象与本质。新闻要反映时代本质的东西，主流的东西，不能不加选择地反映某种消极现象，或不代表本质的一些情况。比如农业宣传的“大呼隆”，所谓集体化，包产到户，所谓单干风。3. 从分析事物的变化发展入手，要注意时刻反映新的历史时期的新情况、新问题、新经验，以及代表时代前进的新事物，反对形而上学的不变的静止的观点。比如在完善农村联产承包责任制中的新问题，建设精神文明中的新事物，等等。

准备下周写成初稿，按学校规定，3000 字左右。

小组考试取得佳绩

1983 年 12 月 16 日

下午小组进行学哲学小结。辅导员老崔也来了，告诉我们一个好消息：三组考试的平均分为一支部最高！大家都很高兴。这是同志们自觉学习的成果，也是与党校老师热情教授、辅导分不开的。每个同志都谈了自己的体会，最后我讲了两点：1. 大家都达到了学校的教学要求，如果说党校是一座科学理论的花圃的话，我们就是被送到党校来加工的“种子”，回去以后一定能生根、开花、结果。2. 我和大家一样，比较系统掌握了马克思主义哲学，增强了运用科学理论的本领，提升了改造世界观的自觉性。

向毛泽东同志学习

1983 年 12 月 26 日

今天是毛泽东同志诞辰 90 周年纪念日。我们小组举行座谈会，大家谈了自己对这位人民领袖的怀念。

胡耀邦同志今天发表了《最好的怀念》，说出了大家的心里话，就是继承和发扬毛泽东思想，建设有中国特色的社会主义。胡耀邦同志说："现在我们党的各级领导干部，可以说没有哪一个没有受到他的科学思想和革命精神的感染、熏陶和锤炼。"我也是千千万万党的干部中的一个，从一个无知的童工成长为党的新闻干部，如果没有毛泽东思想的培育，是不可能有今天的。今后要担当起党赋予的任务，就要遵循毛泽东思想的科学体系，学习毛泽东同志的"勤于调查，勤于读书，勤于思考，不放松向人民、向社会、向前人寻求知识"。

下午，我们每个同志都收到了《毛泽东同志新闻工作选》，粗看几篇，感到每篇文章针对性都很强，而且文风很好。毛泽东同志不仅是一位伟大的革命家，也是一位杰出的新闻工作者。

1957 年 4 月 26 日，周总理陪同外宾在杭州参观访问，受到群众热烈欢迎。图为杭州女青年向总理献花。 浙江日报记者 徐永辉 摄

04

难忘时刻

在我的记者生涯中，有许多难忘的事情。印象最深刻的，是和周总理等老一辈革命家的短暂相处。他们亲切的教诲、平易的作风、和蔼的笑容，永远是我美好的回忆。

周总理览桥出考题

1975年9月17日

从50年代中期开始，到1975年，周恩来总理27次陪外宾来杭州，我曾多次见到他，有几件事给我留下深刻印象。

50年代，总理陪捷克总理西罗基和朝鲜首相金日成来杭州，与记者会面时，他处处照顾记者的采访。与外宾握手时，他都握得时间稍长些，看摄影记者都拍好了，手才放下；碰杯时也是这样，当他发现有的记者还没有拍好，他就再碰一次。有一天，在六和塔参观，总理让秘书买来杭州“素火腿”，慰劳记者，说“你们辛苦了，今天我请客”。

今天，总理是陪同法国总统蓬皮杜来杭州，访问结束准备返回北京。我的工作是负责接待外国记者，他们乘第一架飞机升空后，总理比蓬皮杜先到机场。离登机还有一段时间，总理在停机坪前，亲切地与我们交谈，问我们是哪个新闻单位的，又问一位机场服务员叫什么名字，并对他说：“我要考考你。你们杭州机场跑道有多长？”服务员摇摇头：“总理，不好意思，我不知道。”总理说：“我告诉你，有3000米长。以前只有2000米，大型飞机不能降。尼克松访华前，让机场扩建为3000米，成了国际二级机场。”接着又对她说：“你们在机场工作，要知道机场的基本情况。记住了吗?”服务员点点头:“记住了，谢谢总理。”总理笑了，转身又向机场负责人嘱咐，要注意对机场工作人员的基础知识教育。这时候，蓬皮杜到了，总理要走了。登上飞机舱后，总理频频地向大家挥着手。

陈云湖畔听评弹

1986 年 4 月 6 日

陈云同志在杭州休养期间，非常喜欢听评弹。我作为浙江日报记者几次跟随他在汪庄听评弹、说评弹。

评弹，是苏州评话和弹词的合称，是一门古老而优美的说唱艺术。对于评弹，陈云同志说："我听书和搞经济工作不一样，经济工作是我分工从事的工作，是以全部精力去抓的。评弹是我业余爱好，随便谈谈的。"这"随便谈谈"的背后，是一位"老听客"进行了细致入微的调查后，对评弹艺术规律的探索和研究。他的很多意见对评弹艺术发展起到了重要的指导作用，影响深远。

这里我记录了一个他支持说"新书"的故事。

陈云同志除了重视对"老书"的整理，对描写新时代、新社会、新事物的"新书"，也十分支持。他说："对于现代题材的'新书'，要采取积极的态度。新事物开始时，往往不像样子，但有强盛的生命力。对'老书'，有七分好才鼓掌。对'新书'，三分好就要鼓掌。"1961 年 4 月，上海人民评弹团的《青春之歌》在北京上演。陈云同志专门看了演出，鼓励青年演员赵开生、石文磊放大胆子改，并特意请中国曲艺家协会主席陶钝向他们介绍北京的公寓和四合院等《青春之歌》里的生活情景，还要他们拜访《青春之歌》的作者杨沫，实地了解北京大学“红楼”等剧中提及的情景，加深了青年评弹演员对《青春之歌》的理解。

陈毅杭州赋诗词

1964 年 6 月 30 日

上午，陈毅副总理陪同外宾游览杭州。在宴会上，谈起杭州的历史，博学多才的陈老总即席赋诗一首。刚朗读两句，在座的主人便感到惊讶和惶恐：“杭州太守例能诗，市长今日岂无辞？”陈老总解释道：“杭州太守例能诗，确实如此。公元 882 年，白居易出任杭州刺使以后一直到清代，前前后后有二三十人在杭州任职，唐代的姚合、罗陷，宋代的梅询、齐唐、范仲淹、郑獬、苏轼、刘辰翁，明代的贡师泰、凌云翰、李攀龙、王吉贞，清代的王纬和薛时雨，其中最负盛名的，留下许多诗篇佳话和德政的，自然要推举白居易和苏东坡两位大诗人。”

听了这席话，我想起陈老总陪同缅甸外长访问杭州农村的事。在艮山门外的一户农家做客时，他详细询问了主人生活的状况，对客人说，这就是中国农村的实际情形，现在农民都能吃饱饭，但还是比较贫困，一遇到天灾人祸就支撑不了。

还有一次，陈老总陪巴西朋友访问杭州时，先后去梅家坞茶园和屏风山工人疗养院，即兴赋诗两首，后发表于浙江日报：

访梅家坞

会谈及公社，相约访梅家，
青山四面合，绿树几坡斜。
溪水鸣琴瑟，人民乐岁华，
嘉宾咸喜悦，细看摘新茶。

上屏风山

置身如在画屏中，
景色钱塘傲太空，
鼓声观呼座四起，
中国巴西是弟兄。

彭真甬城话后生

1984 年 2 月 6 日

新春伊始，全国人大常委会委员长彭真，由省长薛驹同志陪同，到宁波视察。我作为随行记者一同前往。

中午，彭真同志接见了宁波和东海舰队的领导同志。见面时，他看到在座的同志都比较年轻，笑着说："气象不错嘛！这里只有我 80 岁，没有一个是 70 岁的吧？我们老同志退下来，可以享点福了。"这一席话，说得大家都乐了。他问道："这里的班子调整好了吗？"

"市、县两级领导班子都已经调整完了。"宁波市的同志回答。

宁波市的同志在汇报工作时展示了地图，彭真同志边看边风趣地说："宁波是个好地方，所以帝国主义早就'喜欢'它了。"又称赞道，"在国际贸易中，宁波人贡献不少哪！"

宁波市的同志在汇报中讲到，党的十一届三中全会以来，全市经济发展比较快，1983 年工农业总产值比 1982 年增长 16.7%，比 1978 年增长 110%，翻了一番多。彭真同志听了满意地笑了："从你们这里看，'翻两番'的目标是可以达到的。"

宁波市的同志接着说，中央和省委对宁波的经济建设十分关心，国家在这里兴建了一批重点工程，大家感到担子重，责任大。这时，彭真同志指着48岁的宁波市市长耿典华说："你们年轻，就要多压点担子。现在各项工作都很繁重，我们共产党人就是要捡重担子挑。你们想想，我们共产党不是'压'出来的吗？……"

亲切的接见，深邃的话语，殷切的期望，给在座的同志留下了难忘的印象。

谭震林深情忆当年

1981 年 5 月 18 日

上午，我和陈冠柏访问了正在杭州休养的全国人大常委会副委员长谭震林。作为解放后浙江省第一任省委书记、省政府主席，谭震林谈起往事，情真意切、历历在目。

解放大军过江以后，谭震林和七兵团司令员王建安等领导同志率部队经皖南，直插浙江。事先，我军已得到情报，国民党军队在撤离杭州时，要炸毁横贯南北的交通枢纽——钱塘江大桥。我军立即决定，派一个团日夜兼程，奔赴杭州。谭震林告诉指战员，杭州是世界著名的风景城市，要好好保护西湖的名胜古迹。为了保护杭州，广大指战员拼命赶路，边打边走，在追击敌人的途中，已经熟记了三野政治部颁发的入城守则。担任解放杭州的部队，入城前又接到了维护城市纪律的紧急通令。通令规定，在城内没有搭马棚之前，骡马一律不准进城；物价未确定时，不准买东西，等等。部队进城休息时，没有一个人擅自入民房和商店。当时因为币值没有确定，许多连队连续几顿饭吃白饭或用盐水下饭，群众做了菜送去，都被战士们辞谢了。

解放初期，谭震林经常找各方面人士特别是知识分子交谈，像当时的浙江大学校长马寅初，谭震林就专门找他谈了几次。

谭震林说，建设新中国要靠知识分子和工农大众一起努力，否则革命和建设都不会成功。我们共产党的创始人、领导人都是知识分子，马克思、恩格斯、列宁是知识分子，毛泽东、刘少奇、周恩来也是知识分子。井冈山时期前委会5个领导成员中有工人、农民代表，他是工人代表。1928年上井冈山后，他工作没多久，就去教导队学习，是毛主席给他们上了第一课：生产关系和生产力。毛主席讲什么是生产力，很通俗，就从人工舂米讲起，以后逐步发展到利用水力舂米、风力舂米，最后用机器舂米，这就是生产力的变革与发展。这样讲，工农分子就听得懂。没有知识分子传播马克思主义，没有革命理论的武装，也就没有革命行动了。

和万里委员长打网球

2001 年 4 月

省委警卫处通知我，说万里同志要和浙江同志打网球。他和王启东（时任省人大常委会副主任）配对，我和李德葆（时任副省长）配对。今天上午，我们来到球场，万老的秘书悄悄对我说，和老爷子打球，请你们做到“三不”：一，不能赢；二，球不要打到他身上；三，你们输了不要让他感到是你们让他的。这三条，前两条好办，后一条有点难办。但是，为了让万老高兴，我们照办。比赛开始，万老虽是 85 岁高龄，然而他的步法，他的击球落点，他独特的削球，比较熟练，球的旋转性很强，我多次漏接了。赛场上，你来我往，比分交替上升，打到 6 ： 6 平，最后打小分，我们以 5 ： 7 输了，只输了 2 分，万老只赢了 2 分。此时此刻，万老开怀大笑，我们也很高兴。

比赛结束，万老招呼我们和他一起喝茶。在交谈中，我告诉万老，我和万伯翱（万老的大儿子、当时的《中国体育》杂志总编辑）是球友，是全国新闻界网球邀请赛共同发起人。他听了很高兴，说新闻记者打网球很好，不仅能够强体质，而且对于活跃思维、提高反应能力很有好处。他还告诉我们，生命在于运动，运动贵在坚持。现在他一是打网球，二是打桥牌，这是体力和脑力紧密结合。

那天，我们浙江日报网球队的成员大都在球场上，我请万老和大家合个影，他欣然同意。

与夏衍和白杨。

05

名家信笺

我曾访问过不少著名人物，包括国内外享有盛名的科学家、文学家、艺术家，写了几十篇散文发表在报纸上。在访问过程中，我和这些名家结下了深厚的友谊，经常书信来往，字里行间，彰显了他们热爱祖国、追求真理、献身科学的精神，以及严谨治学、刻苦勤奋的工作态度，这些都是值得我们学习的。

茅盾真诚退稿费

1980 年 7 月 5 日

茅盾为浙江日报写的《可爱的故乡》刊登后，编辑部寄去 50 元稿费。今天收到茅公的儿媳陈小曼来信，说："稿费五十元收到了。你们给的稿费实在太多了，沈老（茅盾）让我退回四十元，留下十元，免得一点不收你们又再次寄来，这样大家都安心。请体谅老人家的心情，并请转告一下财务部门，免得他们又将四十元退回来。"

读罢此信，我很受教益。按理讲，一位闻名中外的大文豪，不顾年迈体弱，为报纸写了一篇难得的散文，50 元稿费不算多，但茅公并不这样看问题，而是把自己当作一个普通作者。他对自己的要求多么地严格，考虑问题又多么地周到啊！

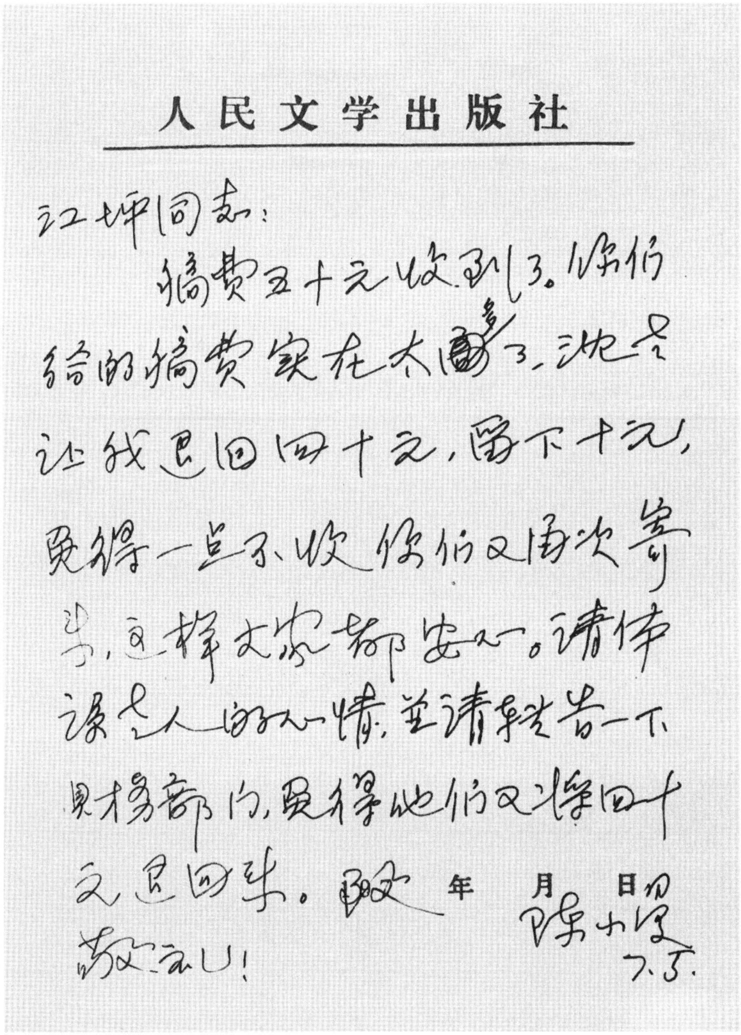

人民文学出版社

江坪同志：

稿费五十元收到了。你们给的稿费实在太多了，沈老让我退回四十元，留下十元，免得一点不收你们又再次寄来，这样大家都安心。请体谅老人的心情，并请转告一下财务部门，免得他们又将四十元退回来。致

年 月 日

敬礼！

陈小曼

7.3.

茅盾让儿媳写来的退稿费的信。

巴金赠书寄深情

1988 年 1 月 8 日

在我的书柜里，珍藏着许多前辈、著名作家、艺术家、科学家的赠书，其中一本是巴金的《巴金六十年文选》。这本书由《巴金传》作者、我的好友、作家徐开垒转送。他告诉我，巴老对杭州感情深厚，说:“杭州是我的第二个家。”自 1930 年首次到杭州以来，他一生中到杭州开会、休憩不下 30 次。他住杭州写杭州，对杭州倾注了无限爱与深情。巴老知道我长年在杭州工作，说很乐意向开垒那样的记者赠书。

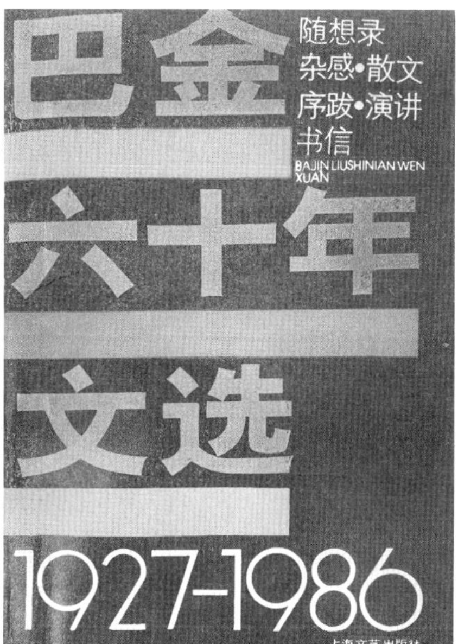
巴金
随想录
杂感•散文
序跋•演讲
书信
BAJIN LIUSHINIAN WEN XUAN
六十年
文选
1927-1986
上海文艺出版社
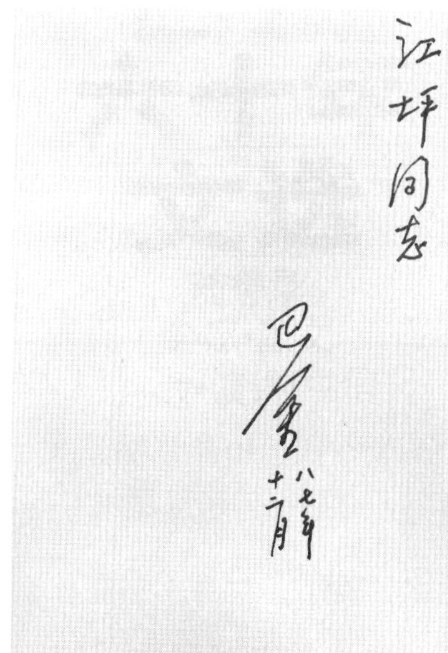
江坪同志
巴金
八七年十二月

巴金的赠书。

夏衍话说《包身工》

1980 年 10 月 8 日

1948 年，我 14 岁在宁波一家纺织厂当童工的时候，曾读过夏衍的《包身工》，感到特别亲切。文中写的都是我每天能看见的事实：那阴暗、潮湿、窄小、气闷的工房，那瘦得像“芦柴棒”似的童工，那凶得似恶魔般的“拿摩温”（工头）……那时候，夏衍的名字在我的脑海里留下了朴实而深刻的印象——他是作家，写工人生活的作家。

想不到，30 年以后，我与这位前辈作家建立了联系，而且第一次见面，他在了解我的经历后，就问：“你是纺织工人出身，看了《包身工》有什么意见？”我连连说：“写得真实，很受教益。”他摇摇头，不以为然：“你讲点意见嘛！”我难以推辞，想了想说：“意见实在提不出来，如果要我补充一点旧社会童工的生活，倒可以讲一二件。”他听了很感兴趣，要我说。我讲了亲眼目睹的一件事：

有一天，织布车间一个童工看到纡子掉进织机里面，俯身去拾，一不小心，马达皮带将她右边的小辫子轧住了（当时女工没有安全帽），“嘶——”地一下，右边的头皮被转动的马达皮带卷了下来，脸上血肉模糊，惨不忍睹，痛得她在地上打滚。可是，资本家不仅不给她医治，还将她撵出了工厂！……

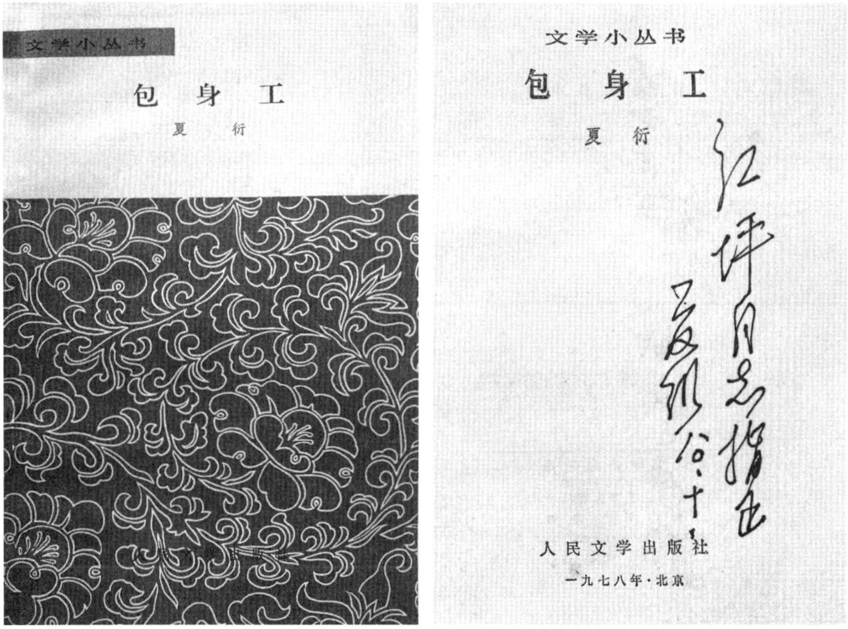

夏衍的赠书。

“是啊，旧时代有多少童工死于非命！”听了我的讲述，夏公说，“多了解一些当时工人的劳动和生活情况，再学习马克思《资本论》中的剩余价值学说，就深刻得多了。”

夏公知道我喜欢《包身工》，就让家人拿来一册给我，并在扉页上写道：“江坪同志指正。夏衍八〇・十”。我看了感到不安，他笑着亲切地说：“留作纪念吧！”

苏步青七律赞故乡

1989年11月22日

多年来，苏步青教授与我经常有书信来往，有时寄来诗稿，有时询问故乡情况，有时也回答我请教的问题，使我深受教益。如今，他又寄来一篇《故乡之游七律二首》，并附来信。

江坪同志：

月之10日在浙大得晤，大驾来临，非常欣幸。别来忽又十日矣，谅必一切佳吉为颂。

我于15日来北京出席全国政协常委（会议），今日结束。明起将参加民盟中常会四天，预定24日回沪，知念顺闻。

前承尊嘱为《浙江日报》写诗，现已草就“故乡之游”七律二首，兹特附后寄上，即乞查收为荷。

专此，顺颂

撰安

苏步青手上

1989年11月19日夜

于北京友谊宾馆

故乡之游七律二首

苏步青

（一）

饱看家乡山与水，轻车游舫未曾闲。
巨钟有字经千帙，[一]残柳无莺菊万盘。[二]
何代瑶琳留胜景，当年严子钓清滩。
南寻禹穴兰亭远，犹自依依欲不还。

（二）

何幸武林旬日游，来登全浙最高楼。[三]
初惊眼底江山小，顿觉鬓边年月流。[四]
岚影几回催远屐，潮声依旧报清秋。
不辞衰老轻腰脚，归去终须守一丘。

注：[一] 指南屏净慈寺钟。
[二] 指柳浪闻莺全国菊花展。
[三] 杭州市购物中心大楼高 27 层，为全省之最。
[四] 余离开杭州达 37 年。

1989 年 11 月 19 日
写于北京友谊宾馆

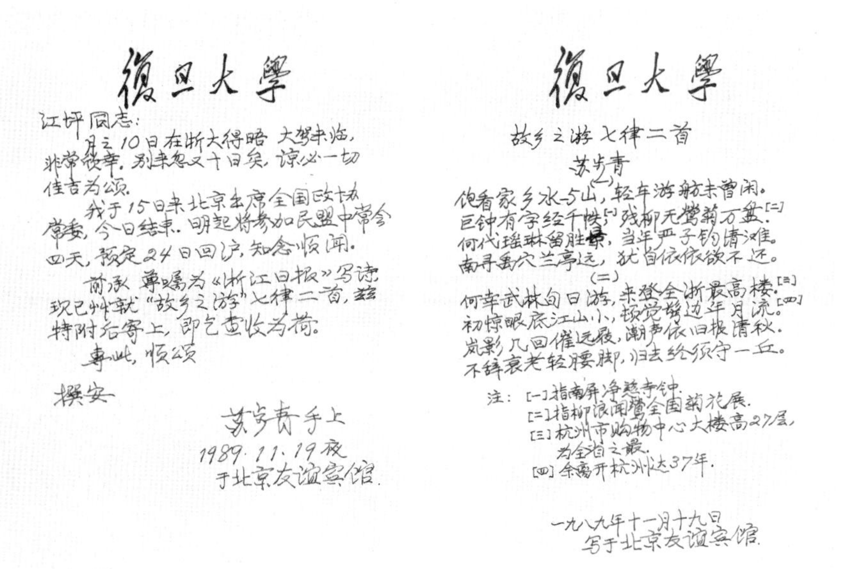

復旦大學

江坪同志：

月之10日在浙大得晤 大驾来临，非常欣幸。别来忽又十日矣，谅必一切佳吉为颂。

我于15日来北京出席全国政协常委，今日结束。明起将参加民盟中常会四天，预定24日回沪，知念顺闻。

前承 尊嘱为《浙江日报》写诗，现已草就"故乡之游"七律二首，兹特附后寄上，即乞查收为荷。

专此，顺颂

撰安

苏步青手上
1989.11.19夜
于北京友谊宾馆.

復旦大學

故乡之游七律二首

苏步青

（一）

饱看家乡水与山，轻车游舫未曾闲。
巨钟有字经千劫[一]，残柳无莺菊万盘[二]。
何代瑶琳留胜景，当年严子钓清滩。
南寻禹穴兰亭远，犹自依依欲不还。

（二）

何幸武林白日游，来登全浙最高楼[三]。
初惊眼底江山小，顿觉鬓边年月流[四]。
岚影几回催远屐，潮声依旧报清秋。
不辞衰老轻腰脚，归去终须守一丘。

注：[一]指南屏净慈寺钟.
[二]指柳浪闻莺全国菊花展.
[三]杭州市购物中心大楼高27层，为全省之最.
[四]余离开杭州达37年.

一九八九年十一月十九日
写于北京友谊宾馆.

苏步青手稿。

华君武画笔写前言

1998 年 5 月 27 日

近几年，我在读华老（华君武）的漫画作品时很受启迪，感到还有一些话要说，征求他的同意，便大胆地为画配文，时间长了，文配画越来越多，从几篇、几十篇增至近百篇。此时，我与华老商量是否出一本集子，定名为《文画缘》，请他写前言，我作后记。这里刊登的是华老写的 前言。

近年我向《浙江日报》投稿。我原籍江苏无锡荡口，但我生在杭州，18 岁后转学上海。我对杭州的乡思到老年后就更浓些，确有许多漫画是凭我对杭州的熟悉，针对当前的一些问题而作的，这样也可增加报纸的地方特色。这些意见也得到江坪同志的首肯，益增我投稿的积极性。可惜我居住北京，对当前浙江的生活不甚了了，因此作画也时断时续。

从来漫画是靠报纸而兴起发展的，因此可说是一种不解缘。我本人也曾在东北日报和人民日报工作多年，报纸需要漫画，漫画作者也因得到报纸的锻炼而增加才干和分析能力，当代中国大多数的漫画作者出身于报馆的多，这也可以说是一种缘分。

漫画在报纸上配合社论、时事新闻，五六十年代又兴起诗配画，现在江坪同志又为我的漫画作文，我是配角出身，现在要当主角，不免受宠若惊。一幅漫画不可能对问题全面分析，而加了文章就大可补漫画之不足，使读者可以深入和全面理解，这使我又增加了安全感。不仅为此，江坪同志还收集了我在其他报刊如《羊城晚报》《文汇报》《大连日报》发表的漫画，也都配上了文章，汇集出版，这也算是短评和漫画的结合。他提出可否称《画文缘》，我感到念起来拗口，建议改为《文画缘》，这种合作也确实是一种缘分。

我不善文，偏要我来写序，当属关老爷面前舞大刀，因此请读者们看本书后记为好。

王光美"慎独"作共勉

1995年4月7日

这次到定海，参加舟山日报创刊40周年活动，王光美同志也来了。上午，我们陪同她去虹桥水库和舟山电厂。途中，王老谈及37年前陪同刘少奇同志到舟山考察的情景，讲到渔民烧带鱼稀饭给刘少奇吃，刘少奇和大家商谈怎样保护水源，怎样做到"滴水不漏"，因为当时海岛淡水匮乏。

与王老接触时，感到这位长者很平易、很实在，她向我讲的四句话让我印象深刻："有权不谋私，无官一身'清'，离休不离党，国事尊至上。"在交谈中，我向她讲起，刘少奇同志《论共产党员修养》中的强调"慎独"，对我很有教益，我请她题写"慎独"这两个字送我，她答应回北京后写好寄给我。

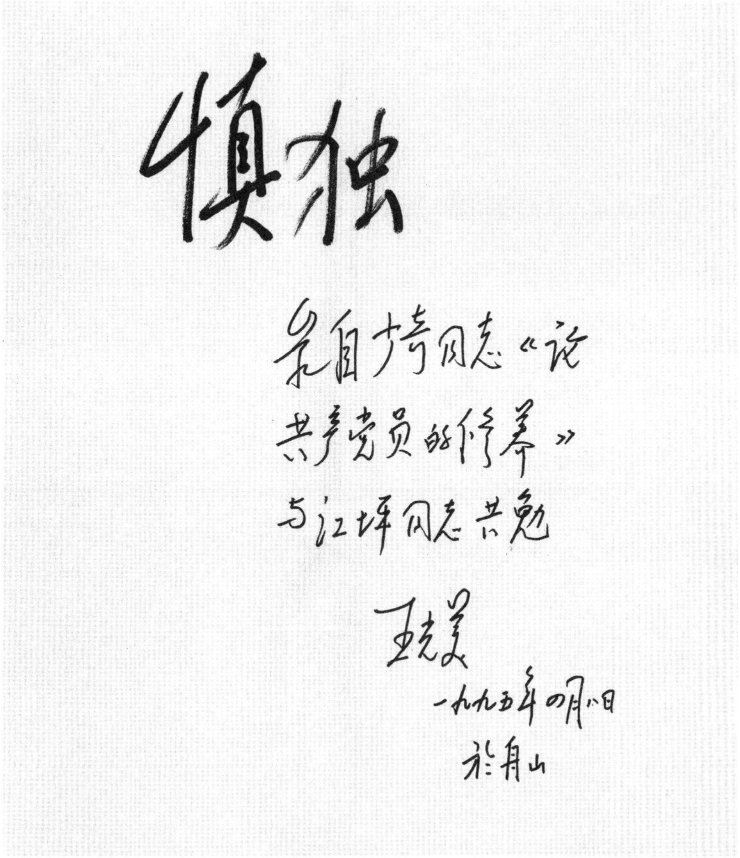

慎独

录自少奇同志《论共产党员的修养》

与江坪同志共勉

王光美

一九九五年四月八日

於舟山

王光美同志手稿。

邵华泽写序传真情

1992年6月13日

我准备将近几年在办报中的“随感”，筛选一下，出版一个小册子，名曰《微文集》，请好友、人民日报总编辑邵华泽写几句前言。老邵很快寄来了稿件，传递着一片真情，给我以鼓励与鞭策。这篇“有感而发”也属“微文”，照录如下。

这本随感录，是好友江坪同志从事新闻工作40年之际出版的。我看了其中的一部分作品，颇有感触，下面的一些话，也是“有感而发”吧。

这本集子里的文章，第一个特点是短，大多是几百字，有的百把字，流行的说法是“豆腐块”文章。许多人瞧不起这类文章，有的不屑于写这类文章。其实，文章越短越难写，短而精更难。我了解，许多读者是喜欢这类文章的，编报、编刊物的人也是乐意编发这类文章的，像新民晚报的《今日论语》、人民日报的《今日谈》、浙江日报的《亮话窗》都是读者欢迎的专栏，登的都是短文。

这些文章的另一个特点是贴近生活。问题是生活中来的，语言是群众容易懂的，作者或读书或观画，或看电视或逛庙宇，有一点感受就抒发出来，夹叙夹议，有褒有颂，生活气息很浓，从一篇看，是现实生活中的一个小镜头，汇集成册，内容就丰富多彩了。作者有一篇题为“花、果、根”的短文，叙述了花、果与根的关系，我想这个譬喻同样适用于这本书本身，书中的一朵朵小花，一颗颗小果，都因为作者有扎实的生活根基。

我很佩服作者的毅力。办报特别是担任报社领导职务，都是忙人。作者勤于用脑，勤于动笔，长期坚持下来，很不容易。看了这本书，使人自然地联想“聚沙成塔”“集腋成裘”这些浅显而富于哲理的成语，要取得成功，最可宝贵的是要有一种锲而不舍的意志，这是我国许多老新闻工作者共同的美德，也是把我国新闻事业推向前进需要大力提倡的精神。

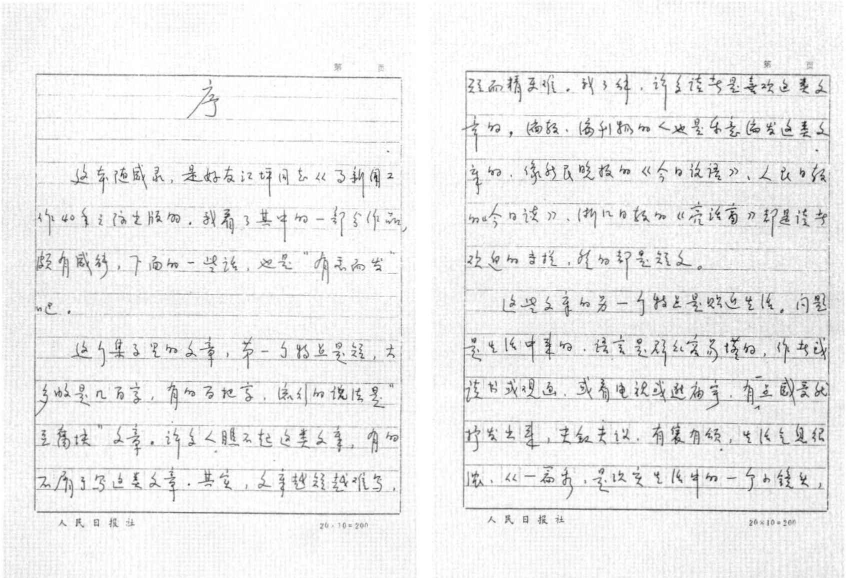
第 页

序

这本随感录，是好友江坪同志从事新闻工作40年之际出版的。我看了其中的一部分作品，颇有感触，下面的一些话，也是"有感而发"吧。

这个集子里的文章，第一个特点是短，大多数是几百字，有的百把字，我们的说法是"豆腐块"文章。许多人瞧不起这类文章，有的不屑于写这类文章。其实，文章越短越难写，

人民日报社 20×10=200

第 页

短而精更难。我了解，许多读者是喜欢这类文章的，编报、编刊物的人也是乐意编发这类文章的。像新民晚报的《今日论语》、人民日报的《今日谈》、浙江日报的《宗论篇》都是读者欢迎的专栏，它们都是短文。

这些文章的另一个特点是贴近生活，问题是生活中来的，语言是行云流水的，作者或读书或观画，或看电视或逛商店，有点感受就抒发出来，夹叙夹议，有褒有贬，生活气息很浓。从一篇看，是现实生活中的一个小镜头，

人民日报社 20×10=200

邵华泽为《微文集》写序。

马海德赠言含意深

1981 年 6 月 9 日

上午，应邀去马老（马海德）家作客。热情的马老专门为我泡西湖龙井，还准备了水果、小点心，特别珍贵的，是赠给我一本画册。这是 1980 年 12 月《人民画报》为祝贺他 70 岁寿辰出的专页，上面有艾黎写的介绍他的文章和许多历史照片，形象地记载了马老在中国半个世纪的工作和生活。在画册上，他用流利的英文，写下了给我的赠言："希望你用自己的笔，继续帮助我们的人民，认识我们的社会主义道路。"

我看了十分感动。这位新中国成立后第一个申请加入中国国籍的外国人，把自己的一切无私地献给中国人民的解放事业，作为土生土长在神州大地的炎黄子孙，应该向他学习，更要为祖国富强、人民幸福奉献自己的智慧和力量！

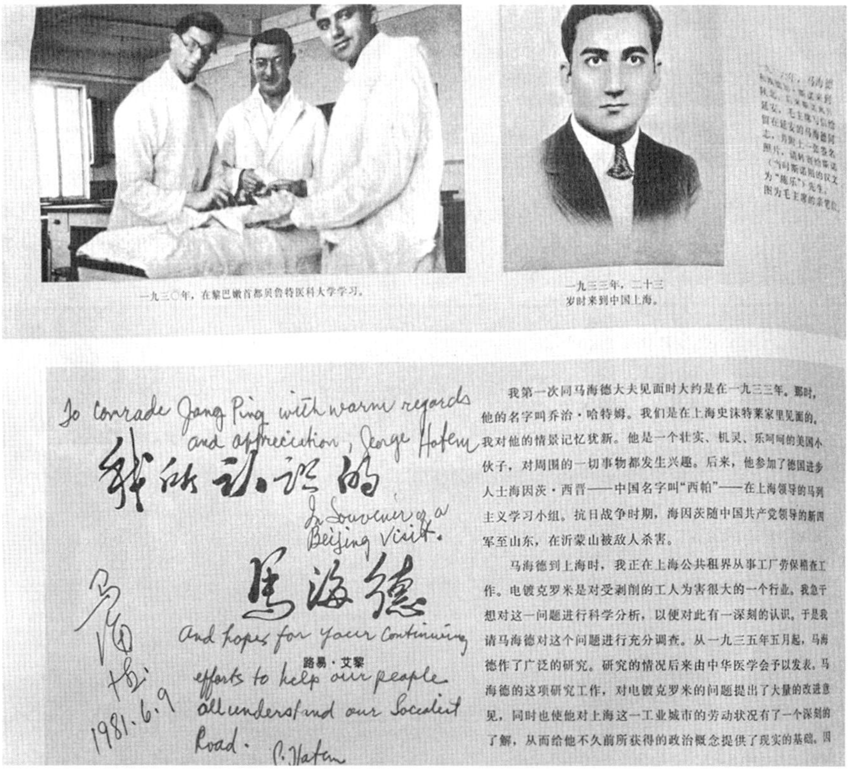

马海德在《人民画报》上写的赠言。

陈沂言简意赅励后人

1982 年 2 月 15 日

上午 9 时，陈沂同志离杭赴沪，我去宾馆道别。临别前，他赠我一书:《五十年一瞬间》。这书记录了他大半生战斗生活的印迹。他在扉页上为我写了几句话:“我们初见，一见如故，你是记者，希望你对群众也能一见如故，就会写出有益于群众的好文章。”陈老是革命前辈，现任上海市委副书记，曾任解放军总政治部文化部部长，他的这段话是金玉良言。

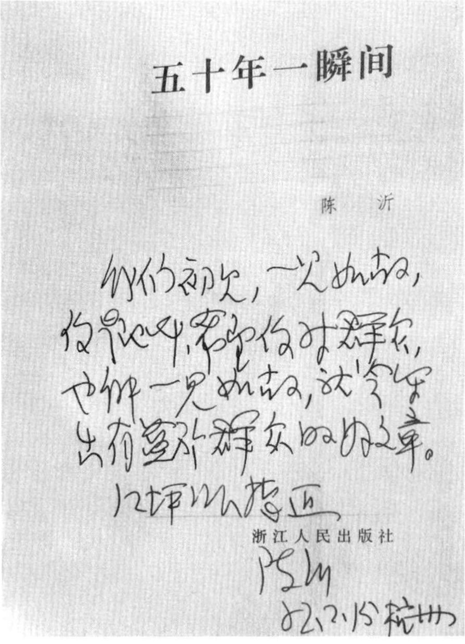

陈沂手书。

白杨赞扬“百部爱国主义电影宣传周”

1994 年 1 月 12 日

1 月 1 日，钱江晚报发起的“百部爱国主义电影宣传周”活动，请来了数十位著名导演、演员参与其中，轰动了杭城，社会反响很好。著名电影表演艺术家白杨回到上海住所，给我来信，再次赞扬“电影周”。她说：“此番钱江晚报发起主办的‘百部爱国主义电影宣传周’活动，意义十分深远，赢得圆满成功，谨此祝贺。”同时，送我一本《白杨传》，告诉我上海的住址，欢迎我去做客。

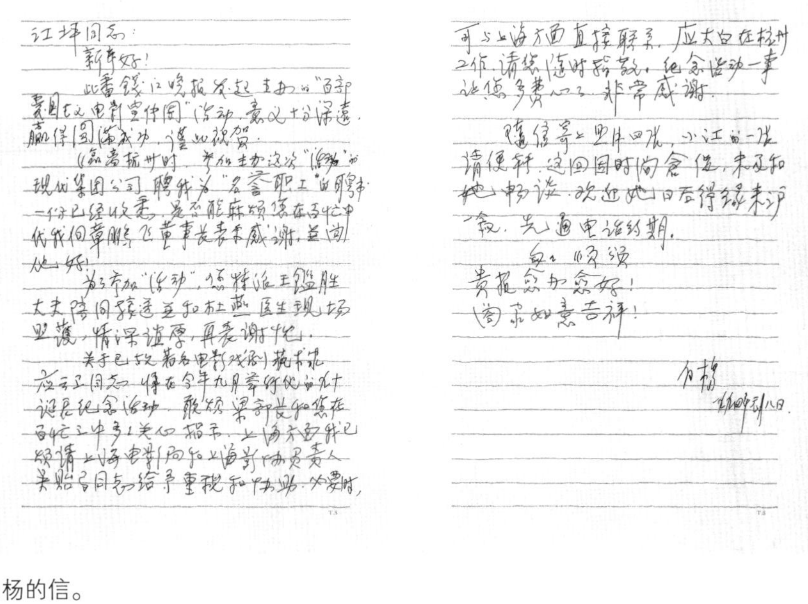

江坪同志：
新年好！
此番钱江晚报发起主办的“百部爱国主义电影宣传周”活动，意义十分深远，赢得圆满成功，谨此祝贺。
我在杭州时，参加主办这次“活动”的现代集团公司聘我为“名誉职工”的聘书一份已经收悉，是否能麻烦您在百忙中代我向章鹏飞董事长表示感谢，并问他好！
为了参加“活动”，您特派王鑑胜大夫陪同接送并和杜燕医生现场照护，情深谊厚，再表谢忱。
关于已故著名电影戏剧艺术家应云卫同志，将在今年九月举行他的九十诞辰纪念活动，敢烦梁部长和您在百忙之中多多关心指导。上海方面我已烦请上海电影局和上海影协负责人吴贻弓同志给予重视和协助。必要时，可与上海方面直接联系。应大白在杭州工作，请您随时指教。纪念活动一事让您多费心了，非常感谢。
随信寄上照片四张，小江的一张请便转。这回因时间仓促，未及和她畅谈，欢迎她日后得缘来沪一叙，先通电话约期。
向您问候
贵报愈办愈好！
阖家如意吉祥！
白杨
一九九四年元月八日

白杨的信。

黄宗英不把专业当“玩儿”

2001年6月25日

与宗英大姐相识20多年，有数十次通信、会见，她对事业执着的追求，令人难忘、动情。无论写文艺作品，还是当电影演员，她总是那么专心致志，从不懈怠。今天收到她在病中写给我的一封信，再一次展现了她孜孜不倦、豁达乐观的精神风貌。

江坪兄弟：

喜得6·12手书，及故乡瑞安新貌照片，撩我思乡之情无限。

一直病着，懒得说病。总之，一个人出不了门，有人搀着走一站路就大汗淋漓……。好在“裹身痛”不发作时，还能看书报，看入迷时，有可能驱痛……，不去想“没用了”的烦恼，唉，说不想也是才下眉头又上心头。

我不可能去拍电视的，不可能去做约定好时间有一个组等着我非去不可的事。《大栅栏》电视片组，四五年前让我饰慈禧，我答以慈禧已被斯琴高娃、王玉梅、夏婕……都演绝了，我久不演戏，我不敢与众才女叫板。现在《大栅栏》已紧急上马火速连拍，邀我凑个热闹演个格格，试过妆，想来想去还是

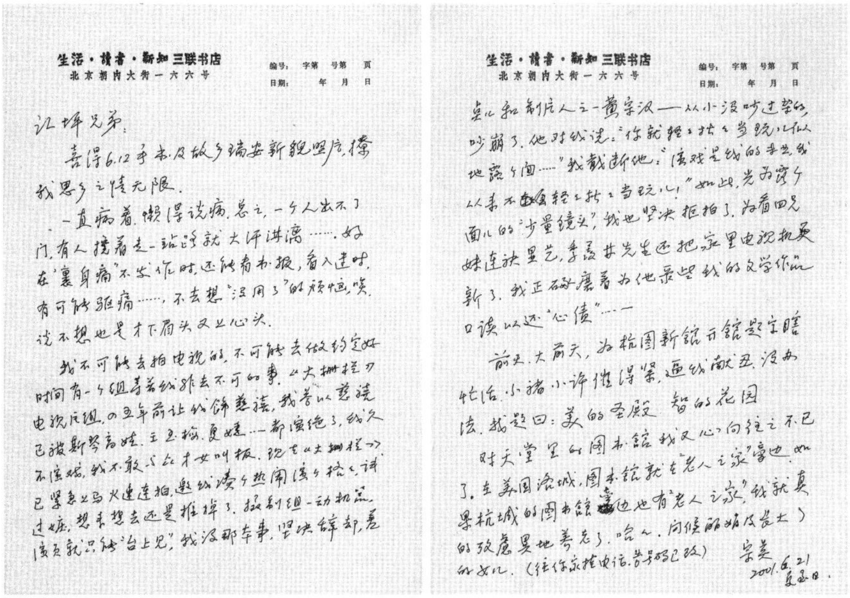
生活·讀書·新知三联书店
北京朝内大街一六六号
编号：　字第　号第　页
日期：　年　月　日

让坪兄弟：

喜得6.12手书及故乡瑞安新貌照片，撩
我思乡之情无限。

一直病着，懒得说病。总之，一个人出不了
门，有人搀着走一站路就大汗淋漓……好
在"裹身病"不发作时还能看书报，看久些时，
有可能躯痛……，不去想"没用了"的烦恼，唉，
说不想也是才下眉头又上心头。

我不可能去拍电视的，不可能去做约定好
时间有一个组等着我非去不可的事。《大栅栏》
电视片组，四五年前让我饰慈禧，我善以慈禧
已被斯琴高娃、王玉梅、夏娃……都演绝了，我久
不演戏，我不敢么么出来叫板。说去《大栅栏》
已紧急上马火速连拍，邀我演个热闹演个槌槌，详
过嫌，想来想去还是推掉了。拟新组一动机，荒
演员就只能"台上见"，我没那本事，坚决辞却，羞

生活·讀書·新知三联书店
北京朝内大街一六六号
编号：　字第　号第　页
日期：　年　月　日

桌儿和制片人之一黄宗汉——从小没吵过架的，
吵崩了。他对我说："你就轻轻松松当玩儿似
地露个面……"我截断他："演戏是我的专业，我
从来不敢轻轻松松当玩儿！"如此，光为露个
面儿的"少量镜头"，我也坚决拒拍了。为看四兄
妹连袂出艺，季蕙女先生还把家里电视机更
新了。我正琢磨着为他录些我的文学作品
口读以还"心债"……

前天、大前天，为杭图新馆开馆题字瞎
忙活，小猪小许催得紧，逼我献丑，没办
法。我题曰：美的圣殿　智的花园

对天堂里的图书馆，我又心向往之不已
了。在美国洛城，图书馆就在"老人之家"旁边。如
果杭城的图书馆旁边也有"老人之家"，我就真
的放愿异地养老了。哈哈。问候丽娟及长大
的女儿。（往你家挂电话，号码已改）

宗英
2001.6.21
夏至日。

黄宗英的信。

推掉了。摄制组一动机器，演员就只能“台上见”，我没那本事，坚决辞却，差点儿和制片人黄宗汉——从小没吵过架的，吵崩了。他对我说：“你就轻轻松松当玩儿似地露个面……”我截断他：“演戏是我的专业，我从来不轻轻松松当玩儿！”如此，光为露个面儿的“少量镜头”，我也坚决拒拍了。为看四兄妹联袂显艺，季羡林先生还把家里电视机更新了，我正琢磨着为他录些我的文学作品口读以还“心债”……

前天、大前天，为杭图新馆开馆题字瞎忙活。小褚小许催得紧，逼我献丑，没办法，我题曰：美的圣殿，智慧花园。

对天堂里的图书馆我又心向往不已了。在美国洛城，图书馆就在“老人之家”旁边，如果杭城的图书馆旁边也有“老人之家”，我就真的考虑异地养老了。哈哈。问候丽娟及长大了的女儿。（往你家挂电话，告号码已改）

宗英

2001年6月21日夏至日

与黄宗英和赵丹。

海迪自立座右铭

1991 年 5 月 30 日

下午，在钱江晚报举办的一次座谈会上与张海迪会面，我问她：“你最喜欢什么？”她笑着回答：“我最喜欢梦。”“为什么？”她说：“因为梦里我永远有一双健康的腿。”然而，梦毕竟是梦。但在现实生活中的张海迪却比有些有健康双腿的人生活得更充实，工作更有成效，对社会的贡献更加突出。当然，海迪在生活中有痛苦和气馁，但却始终没有放弃对理想信仰的追求。她是作家，写一部作品，要付出比健康人多几倍，甚至几十倍的功夫！是什么力量使她变得如此坚强？我很赞赏她的一句富有哲理的比喻，就是将自己比作浪花。她说，作为浪花撞在礁石上，是会溅成碎沫的，但是没有礁石和浪花，大海就没有生息了。“宁可撞碎，也要冲击”，这就是海迪的性格，就是她顽强意志的体现，就是她生命之舟在人生海洋中航行了数十年，仍在继续前进的力量所在。

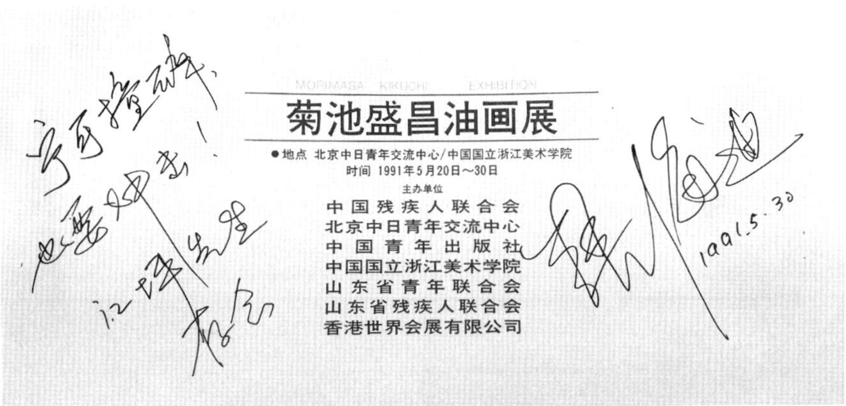
MORIMASA KIKUCHI EXHIBITION
菊池盛昌油画展
●地点 北京中日青年交流中心/中国国立浙江美术学院
时间 1991年5月20日～30日
主办单位
中国残疾人联合会
北京中日青年交流中心
中国青年出版社
中国国立浙江美术学院
山东省青年联合会
山东省残疾人联合会
香港世界会展有限公司

张海迪的座右铭。

聘书
江 坪同志：
特聘请您为《新时期宣传思想工作》干部培训教材审改专家组成员。
中共中央宣传部
2006年4月
中华慈善突出贡献奖
荣誉证书
江 坪 同志：
被授予“全国关心下一代工作荣誉奖”，特发此证予以表彰。
荣誉证书
江 坪同志被推选为浙江省新闻
工作者协会第七届理事会名誉主席。
浙江省新闻工作者协会
二〇〇二年十二月
聘書
聘请 江 坪同志 为
杭州大学新闻与传播学院 院长
杭州大学
校长
1993.11.

是鼓励，更是鞭策。

06

彩霞满天

人是社会的人。

一个人生活在社会之中，不能疏远社会，更不能脱离社会，而要亲近社会、融入社会、服务社会，只有这样生活才多彩，生活才有成果。

我从浙江日报总编辑岗位卸任之后，一刻也没有离开社会，担任了浙江省新闻工作者协会主席，又从事慈善，关心下一代工作，还创办了文化传播学院。在实践中，我深感社会是一所大学校，内涵极其丰富，自己犹如一只燕子，翱翔在满天的彩霞之中，获得了更多知识，能作多种思考，也有不少感悟。今天将这些多彩画面从多种角度展现出来，列入本书的组成部分，奉献给读者。

创立飘萍奖的初衷

2002 年 6 月 7 日

作为浙江省新闻工作者协会主席，应该把提升新闻工作者的整体素质作为中心任务。榜样的力量是无穷的，创立飘萍奖，是继承党的新闻工作优良传统的一个好载体。

省委宣传部和省记协决定，从今年开始，每两年评选一次浙江飘萍新闻奖（人物），作为我省新闻工作者最高荣誉奖。这一方面是为了检阅全省新闻队伍的成长，激励新闻工作者奋发向上，另一方面是为了与全国的范长江新闻奖和韬奋新闻奖连接起来，参与全国新闻优秀人才的评选。

创立飘萍奖，浙江省有独特的条件。邵飘萍是浙江东阳人，是中国新闻工作者的楷模。在风雨如磐的年代，他提笔办报，以“铁肩辣手”精神，抨击邪恶，伸张正义，为民族解放而奔走呐喊，奉献出一切。同时，他出版了《新闻学概论》《实际应用新闻学》等我国新闻学的开山之作。毛泽东同志称赞他是“一个具有热烈理想和优良品质的人”。以邵飘萍冠名的浙江新闻人物奖的创立，是一件顺理成章、十分有意义的事情。

对于当今新闻工作者来说，要成为党和人民所需要的合格人才，应该以邵飘萍为榜样，从五个方面作出不懈的努力。第

2011 年 6 月 26 日，与省记协同事访问邵飘萍出生地。

一、忠于党。坚持党性原则，坚持为人民服务，坚持新闻真实性，牢固树立马克思主义新闻观。第二、勤学习。加强对具有前瞻性的各类知识的学习，提高对客观事物本质的认识与分析能力。第三、不怕苦。发扬艰苦奋斗的精神，长期地、无条件地深入群众、深入实际、深入生活。第四、多思考。开拓创新，与时俱进，坚持新闻改革，提高引导水平。第五、严自律。作文，先要学做人，自觉遵守新闻工作者职业道德，做一个具有高尚品德的人。唯有如此，才能写出有益人民的作品，肩负起以正确舆论引导人的重任。

赶在春天播种

2014年12月6日

作为有数十年新闻工作经历的浙江省关心下一代工作委员会副主任，应该运用传媒的力量推动各项工作，这是我写的《新星》创刊词:《赶在春天播种》。

《新星》创刊了。“新星”的寓意就是希望，就是未来。

创刊词主题为“赶在春天播种”。赶在春天播种，秋天才有收获。

中国特色社会主义事业接班人要从小培养，社会主义事业才会后继有人，兴旺发达。

从小培养，根本在于引导青少年从小培育和践行社会主义核心价值观。要按照习近平同志倡导的对青少年进行“爱学习、爱劳动、爱祖国”教育，这是中华民族优秀品德的高度概括。爱学习是实现理想抱负的基础，爱劳动是创造幸福的途径，爱祖国是成长进步的引擎。通过“三爱”教育，让青少年真正懂得，学习最有用，劳动最光荣，祖国最可爱，牢固确立社会主义核心价值观个人层面的“爱国、敬业、诚信、友善”的价值追求，扣好人生“第一粒扣子”。

从小培养，“五老”发挥着关心下一代的独特作用。老干部、老战士、老模范、老教师、老专家具有坚定的政治信念、崇高情操、优良作风和丰富经验。他们以忠诚、关爱、创新、奉献的“五老”精神，现身说法，以动人的事例，解读历史进程，讲述人生感悟，让青少年真正懂得“心中要有理想”，做到“行动要有规范”，帮助下一代扣好人生“第一粒扣子”。

从小培养，要创新向青少年进行教育的载体。在新的形势下，要根据青少年的特点和需求，针对他们的接受能力和兴趣爱好，采取具体的、形象的、动感的形式，创新各种载体，引导大家参与其中，受到教益。我省“五老”和各级关工委组织的创新能力很强，许多项目在全省乃至全国成为品牌，被推广应用:“4 点钟学校”“假日学校”，为孩子们提供了更加广阔的成才园地;“第二课堂”为孩子们打开了众多求知的窗口;“助学的长者”为许多贫困孩子解除了求学的困难;“阳光驿站”和“6 + 1 帮扶”为失足青少年提供了温馨的家园……

创办《新星》，为青少年健康成长提供了更大的展示平台，期盼全省各级工委关工委为这个园地多多提供新的信息、新的典型、新的思路、新的经验。

青少年是祖国的未来，民族的希望。为了光辉灿烂的明天，让我们一起赶在春天播种!

慈善是心灵的美德

2005 年 10 月 8 日

作为浙江省慈善总会副会长，总会创办的《浙江慈善》杂志，由我担任编委会主任。为此，我写了一篇创刊词:《慈善是心灵的美德》。

革命前辈、著名漫画家华君武以《慈善是心灵的美德》为题，书赠热心慈善的人们，这是很有意义的。

做善事，是中华民族的传统美德。我们的祖先对“善”字的价值判断有三个要点：一是把“善”看作“大”。《孟子》中说:“君子莫大乎与人为善。”二是把“善”看作“宝”。《大学》中说:“惟善以为宝。”三是把“善”看作“乐”。宋人罗大经说:“为善最乐。”这三句评语，足见从善之高尚。

做善事，应该有钱出钱，有力出力，并非只是有钱人的事。对于那些经营有道、创业致富的企业家来说，要取之于社会、用之于社会，把参与慈善事业作为一种社会责任。一个优秀企业必须将自身的发展建立在整个社会进步之中，这样才能实现其真正的价值。对于那些无力捐大钱的人来说，照样也可以做很多的善事。善事应当从小事做起。行善不仅表现在重大的捐赠仪式上，更重要的是，表现在日常生活当中。众多的志愿者、义工活跃在社会的角角落落，哪里需要帮助，哪里就有他们奉献的身影。看起来他们做的都是一件件小善事，但是他们受到人们的尊敬。古人说："勿疏小善，方恢大略。"成大事者，从不放弃做小善事。小善事是大善事的基石。

做善事，各类媒体负有重要责任。"闻善以相告"，听见、看见有人做善事，报纸、电台、电视台和新闻网站以及有关刊物，应当做善者的扩音器、录像带、大屏幕，满腔热情地进行传播，使全社会看到"善盈而后福"，激励人们学习善者，乐做善事，将慈善精神化为实际的行动，都做一个慈善人，让我们的社会主义大家庭充满和谐、温馨。这，就是创办《浙江慈善》的本意。

办好文化传播学院的“六句话”

2004 年 10 月 8 日

我作为浙江理工大学文化传播学院首任院长，创办学院之始考虑最多的是，明确办学的指导思想，我概括了六句话，在开学典礼上演讲。

办好学院，有三个重要因素：一个明确的办学指导思想，一支高素质的教师队伍，一批以天下为己任的莘莘学子。

今天，我主要谈办学的指导思想，可以概括为六句话：一、扬中华文化之长；二、取世界文化之优；三、传先进文化之声；四、创文化经济之新；五、走学用结合之路；六、育厚德实干之才。前四句是教学内容，第五句是教学方法，第六句是教学目的。

一、扬中华文化之长

中华文化，是文化传播学院的根，是专业教学的重中之重。

源远流长的中华文化，哺育着中华儿女，推动着中华大地的文明。颂扬中华文化之长，是文化传播学院义不容辞的天职；学习、掌握、运用中华文化，为全面建设小康社会服务，是文化传播学院学子们的基本功。

二、取世界文化之优

文化拓展人们的精神生活空间，陶冶和培育人们基本的人文素养，是全人类的宝贵财富。吸取世界文化的优秀成果，并运用于我国的社会实践，这是文化传播学院的一项重要任务。

三、传先进文化之声

始终代表中国先进文化的前进方向，是“三个代表”重要思想的核心内容之一。文化传播学院，顾名思义，就是传播人类共同创造的先进文化，并推动社会的进步。

何谓先进文化?

1. 是以马克思主义、毛泽东思想、邓小平理论和“三个代表”重要思想为指导的文化；

2. 是服从和服务于党在社会主义初级阶段的基本路线，为改革开放和现代化建设提供精神动力的文化；

3. 是弘扬民族精神、凝聚各民族意志和力量、积极健康向上的文化；

4. 是继承和发扬中华民族一切优秀传统文化，博采各国文化之长，面向大众，服务人民，为广大群众喜闻乐见的文化。

四、创文化经济之新

如何促进文化与经济的紧密结合，提高物质产品的“文化赋值”，这是文化传播学院需要着力探索的一个十分迫切与重要的课题，此课题是浙江理工大学创办文科的一大特色。

文化直接影响着企业产品的生命力。有了文化内涵，物质产品就会在市场上增强竞争力。把产品创新提到文化创新的高度去认识，企业才能立于不败之地。

我们需要从文化和经济的结合上开拓思路。从某种意义上说，新世纪的经济，就是“文化经济”。文化和经济历来都是联系在一起的，现实社会中既不存在纯粹的经济活动，也不存在纯粹的文化活动。要科学把握经济与文化相互作用的辩证关系：经济工作中要更多地发挥文化的作用，增强文化含量；文化工作中要更多地考虑经济因素，运用经济手段。

文化与经济结合有广阔的天地，在实践中已经结出了累累硕果。

五、走学用结合之路

学习的目的在于运用。只有同指导实践相结合，才能把书本上的理论学深学透。学用结合，学以致用，是人才成长的必由之路。

我们要通过教学实践，努力探索有效的文化传播实践体系，初步考虑分四级实施。

1. 课堂学习，即教学实习。要使教学实践化，努力做到“三贴近”（贴近学生、贴近实践、贴近生活）。

2. 院内、校内实习。要组织同学充分参与校报、校台、网站等人文社科类的实践活动。

3. 院外的间接实习。由实习基地的老师出题目，分别作文，择优录取。如媒体评论，共同写一个选题，优胜者可以将作品见诸报端或网上。

4. 院外的直接实习。根据学院的办学宗旨，与学生各自的实际情况，分别到不同的实习基地实习。

目前，学院已确定五个实习基地。每个基地都实行学院与实习单位双方导师制。实习单位可以考虑实行实习岗位竞争制，以激励学生奋发学习与实践。

六、育厚德实干之才

培育厚德实干之才，是学院的最终目的。

厚德和实干，在新的历史时期被赋予新的内涵。

厚德，是对人的品德的要求。做文先要学做人，做一个品德高尚、人格高尚的人。我们的校友、著名新闻工作者史量才说，“人有人格，报有报格，国有国格，三格不存，人将非人，报将非报，国将非国”，就是这个道理。

实干，就是对人的学识、能力的要求。报效祖国，要有真才实学，要有动手能力，否则就无从谈起。

著名的新闻界前辈邵飘萍有句名言：“铁肩辣手。”这是对厚德实干的形象解读。“铁肩”是对人的品格的要求，用现在的话来说，要用自己的铁肩担起建设中国特色社会主义的“义”；“辣手”是对人的才智的要求，用现在的话来说，要把自己锻炼成一个真正能适应全面建设小康社会需求、具有竞争能力的实用人才。

将“铁军精神”传给年轻一代

2014 年 1 月 13 日

作为浙江省新四军历史研究会顾问，我经常在思考：怎样将“铁军精神”传承给年轻一代？为此，我写了一封给研究会会长、副会长的信，提出五点建议。

渭山、贺文同志并各位副会长同志：

你们好！

担任浙江省新四军历史研究会顾问时，我经常在思考一个问题：怎样将“铁军精神”传给年轻一代？

研究历史是为了推动现实，前辈的革命精神需要后来人传承。当今意识形态领域的斗争依然存在，有时十分激烈，而争取的重点，就是青少年。根据中央关于培育和践行社会主义核心价值观的意见，怎样让“铁军精神”成为青少年的精神财富，这是一个大课题。我认为，研究会应该花更大力气，加强对青少年的思想道德建设。

一、研究会的宣讲团要更加广泛地开展与青少年的交流。在宣讲中，将“铁军精神”与“中国梦”紧密地结合起来。“中国梦”是奋斗目标，社会主义核心价值观（包含“铁军精神”）是实现“中国梦”的精神支柱，革命先烈英雄事迹是宣讲“中国梦”的生动教材。

二、充分发挥已经建成或正在建设的新四军红色基地的作用，它们应该成为青少年的“第二课堂”。

三、《东南烽火》要组织与青少年交流的主体活动，开设固定的“忘年交”专栏。研究会网站要专设与青少年交流的互动平台。

四、加强与有关群众团体（如浙江省关心下一代工作委员会、共青团浙江省委）的合作，共同举办一些青少年喜闻乐见的德育活动。

五、重视与新闻媒体的联系，经常提供一些新闻素材或线索，运用媒体传播“铁军精神”，扩大研究会的影响力。

以上建议，供诸位参考。

崇尚孝道　践行孝道

2010 年 10 月 12 日

作为浙江省老年学会副会长，面对老龄化社会的来临，怎样实现“老有所养、老有所医、老有所学、老有所为、老有所乐”，有许多问题需要研究，而传播孝文化则是一切工作的思想基础。我提出与媒体联手开展感动浙江的“孝贤故事”征集活动，然后评选“浙江孝贤”。为此，我写了一篇专文，以下为摘要。

传播孝文化，弘扬中华民族的孝道精华，既是文化建设的一个重要内涵，更是建设和谐社会的需求。面对老龄社会的到来，我们应当从理论和实践上研究中华传统孝文化的当代转化及其规律，弘扬中华传统孝道的精华，加强“孝德”乃至中华传统美德的教育，不断提高人们的道德水准，这对建设家庭美德，发扬孝亲敬老的社会风尚，建设和谐社会，具有重要意义。

“百善孝为先”，孝敬父母在各种美德中位居第一位。我们中华民族历来崇尚受恩不忘，知恩必报，这也是做人的基本道德。一个人如果对赋予自己生命和辛勤哺育自己成长的父母都不知报答，不知孝敬，那是没有道德可言的。试想，如果一个人连自己父母都不爱，又怎么会是一个有爱心、有责任心的人呢？又怎么能指望他去爱人民、爱集体、爱社会、爱祖国？！

今天，崇尚孝道，并以此作为培养人们道德修养的重要内容，有着重要的现实意义。在日常生活中，我们看到的，往往是对小的一味宠爱，而对老的则不敬重，甚至有嫌弃老人的种种现象。这是值得关注的。现在，我国已进入老龄化社会，绝大多数老人将在家中度过晚年，这就要求儿女必须尽孝。否则，我们的养老体系再健全，也替代不了亲情慰藉和天伦之乐。孝道教育是建立中国特色养老保障体系不可缺少的组成部分，它所提供的是道德保障。

孝道是修身养性的基础。我们的先辈把孝道，即敬老、爱老、养老列为社会教育的重要内容，我们一定要继承和发扬这一优良传统。践行孝道，可以完善道德，否则，就失去了做人起码的德行。如果社会从上到下，人人都自觉地孝敬父母，关爱老人，那么我们的社会就能充满和谐与温馨。

“长者情”传送真情

2012 年 11 月 4 日

作为浙江省老年事业发展基金会顾问，我提出“关心老年人的文化生活”问题，在老有所养的前提下，要使老年人健康快乐地生活。为此，基金会联手浙江省合唱协会，组织了浙江省第一届“长者情”声乐大赛，受到老年朋友欢迎、社会各界好评。

“感人心者，莫先乎情。”由浙江省老年事业发展基金会、浙江省老年学会联手浙江省合唱协会举办的浙江省第一届“长者情”声乐大赛，11 月 1 日圆满落幕。200 多名参赛者在一首首嘹亮、优美的歌声中，向人们传送他们的一片真情。

“长者情”，唱出了长者们热爱党的激情。这次声乐比赛以“心中的歌献给党”为主题，充分抒发了长者们对党、对祖国、对人民的深厚感情。几十年来，他们跟着党在建设中国特色社会主义的征途中，经历过众多的难忘岁月，亲身感受到今天国家的强盛、人民的幸福来之不易。他们动情地唱了人民解放之歌、社会主义建设之歌、改革开放之歌。一位参赛歌手还自己写了一首对党的颂歌，字里行间，洋溢着对党的感恩之情。

“长者情”，表达了“老有所乐”的心情。音乐是心灵的体现。优秀的音乐作品是歌者心灵的独白、真情的涌现，有着怡情修身、净化心灵的特殊功效。一位思想家说:“用体育锻炼身体，用音乐陶冶灵魂。”音乐作为美妙的心灵语言，可以提高人的素养，调节人的情绪，使人获得身心健康。

“长者情”，反映了对音乐之美的钟情。音乐是艺术的殿堂，作为一种听觉艺术，音乐最善于抒发情意，最能拨动人心。一首好的乐曲，或庄严肃穆，或热烈兴奋，或悲伤激愤，或细腻缠绵，心会因聆听而跌宕起伏。音乐的魅力，能够孕育出高雅的审美情趣，可以使生命焕发出耀眼的光彩。正是这种音乐之美，吸引了越来越多的长者参加音乐活动。据了解，目前全省有 1000 多个老年合唱团，约 10 万人参与其中，至于欣赏音乐的人就难以计数了。

情感是人们精神生活的重要组成部分，“长者情”传送真情，也是长者们精神富有的一种展示。愿全省的长者们在参与、欣赏音乐活动中，尽情地享受音乐的熏陶，增进身心健康，使生活更加丰富、美好。

弘扬树大精神　再创树大辉煌

2004 年 10 月 15 日

作为浙江树人大学（以下简称树大）董事，在学校创立20周年之际，我写了一篇《弘扬树大精神　再创树大辉煌》，祝愿树大精神代代相传。

浙江树人大学 20 年历程，贯穿着一种精神，这种精神造就了树大 20 年的辉煌，这种精神可以概括为四句话：

1. 自力更生的创业精神

树大是白手起家的。这个高等学府从无到有，从小到大，从弱到强，如今已成为我国民办大学的一个榜样，这充分展现了自力更生、艰苦奋斗精神的威力。

2. 敢为人先的创新精神

20 年前，民办大学在神州大地还只是凤毛麟角，树大的建立，本身就是一种创新。同时，这种创新还体现在办学思想与教学改革上，这就是：一切为了社会发展的需求。树大最早设立的几个专业，在当时的大学中是少有的。

3. 以德为基的治学精神

“德者，事业之基也”。树大治学，以人为本，注重德育，加强对人的品德要求，坚持做文先要学做人，做一个品德高尚的人。20 年间，树大为国家培育了一批又一批厚德实用的建设人才。

4. 服务社会的奉献精神

历届董事会成员为树大的发展都尽心尽责，无私奉献。一些兼职的董事扬各自所长，为树大添砖加瓦，就连国外友人也为树大奉献爱心。在众多为树大的诞生、成长、发展努力的学校董事中，董事长王家扬是杰出的代表，王老是树大的创始人，为树大作出了突出的贡献。

我们纪念树大创办 20 周年，重要的是弘扬树大精神，不断推动树大与时俱进，走向新的辉煌。

品味茶文化

1998 年 10 月 6 日

作为中国茶文化研究会常务理事，除了传播茶文化以外，我也要学习品茶。

为了写这篇短文，我思索了良久。因为我过去不喝茶，甚至将茶与烟、酒并列，都不碰的。写文章的时候，口干了只喝白开水。后来，许多同事向我介绍，茶是最佳的保健饮料，从药理上分析有 24 种功效，饮茶不仅能增加营养，而且能预防疾病。于是乎，我开始在茶杯里放一点茶叶喝起来，起初感到有点“苦”，渐渐地由“苦”变“甘”，由“甘”变“香”。如今是每天必喝，而且对茶叶的要求也高了，名茶不必说，还要长于“高山云雾”之中。

喝茶成了习惯，去外地开会或者出国访问，对茶的关注也多了。在省内，我几次去过茶圣陆羽的居住地——长兴，接受过《茶经》的熏陶，并在那间景色如画的茶室里赋诗传情。去省外，我到过闻名的乌龙茶发源地——武夷山，在那里的一座茶楼上，看过正宗的“功夫茶”表演，品尝过此茶浓重的味道。台湾新闻界的朋友专门安排我到台北市郊的著名茶乡——坪林，在那里参观内容丰富的茶叶博物馆，品尝集“香、浓、醇、美”之大成的“文山色种茶”，还有茶糖、茶酒和茶宴……我几次东渡扶桑，日本朋友每次总要陪我到茶馆，观茶道、品茶食、饮茶水。记得1990年春，在京都“松寿堂”茶馆做客，我曾写过一首小诗：“花树丛中一人家，喜乐厅内饮香茶。席地盘膝闻道经，粉茗扑鼻滋味佳。”

茶，成了我日常生活中不可缺少的一个内容，从不喝茶到爱喝茶，从喝茶中了解茶文化到以茶交朋友。如今，我还担任了中国国际茶文化研究会的领导成员，在杭州参加过几次这方面的国际交流活动，来自日本、韩国、新加坡、英国、美国、澳大利亚、摩洛哥、法国、意大利以及中国港、澳、台地区的朋友表演的茶道、茶礼、茶艺，多姿多彩，给人以美的享受。我们中国是茶的故乡，是茶文化的发祥地。我将以碧绿的茶树为师，尽心传播中华茶文化，让它散发缕缕清香。

从“宁波帮”看宁波精神

2004年3月15日

作为杭州宁波经济促进会副会长，我对故乡的情感是厚重的，总想为故乡的发展多做些实事。2003年金秋，宁波日报举办“宁波精神大家谈”征文活动，编辑部向我约稿，我当然义不容辞，写了一篇《从“宁波帮”看宁波精神》，以下为摘要。

20世纪80年代，邓小平同志有过一次谈话，他说：“把世界的宁波帮都动员起来，建设宁波。”这句话内涵深邃，意义重大，可以作为提炼宁波精神的一个重要依据。

名闻遐迩的“宁波帮”，是宁波人尤其是宁波商人在开展商业活动中逐步形成并发展起来的一种群众称谓。它形成于明清时期，鼎盛于20世纪之始，与“山西帮”“广东帮”一样，是我国历史上著名商帮。“宁波帮”的漫长经历，充分展示了宁波人的精神风貌。这种精神可以概括为四句话、十六个字：“大气开放，诚信为本，艰苦创业，报效桑梓。”

一、大气开放

开放，是海纳百川，是取长补短，是社会发展的必然要求。

一方水土育一方人。宁波地处商品经济较为发达的东南沿海地区，世世代代的宁波人面对浩瀚的海洋，历来有出海作业、出门做工经商的传统。孙中山先生曾赞誉说：“宁波人对工商业的经营，经验丰富，凡各国各埠，莫不有甬人事业。即欧洲各国，亦多甬商足迹，其能力与影响之大，固可首屈一指者也。”今天，在世界 64 个国家和地区，分布着 7.3 万多名宁波籍商人，加上他们的后裔，有 30 万之多，其中不少是工商业巨头、科技专家、社团领袖和社会名流。当年香港十大富豪中就有 4 位是宁波籍人士。在为数不多的“世界船王”中，“宁波帮”也占有两席。他们不但拥有巨大的财富，而且具有不可等闲视之的社会活动能力和政治能量。

宁波商人源于滨海，面临大洋的挑战，艰险的环境养成他们开阔的视野，善于不断吸纳、应用外来先进科学文化技术发展壮大自己。在“宁波帮”的创业经历中，始终都贯穿着宁波商人强烈的开放意识和开拓精神。他们根在宁波，创业在上海、天津、武汉以及香港、台湾，还有的徙向海外。在上海的发展史中，宁波人创造了 50 多项第一，比如，第一家银行、证券物品交易所，第一家五金店、南货店、绸布店、钟表店、国药店，第一家火柴厂、印染厂、灯泡厂、化学制品厂、印刷厂，等等，就连第一件中山装也是宁波人制成的，它们为我国近代的经济发展作出了不可磨灭的贡献。

二、诚信为本

“人无信不立”，这句古训十分简明地道出了我们先人对诚信的高度重视。

诚信，是“宁波帮”在经营过程中的商道之本，是中华民族的传统美德，也是企业之德。“宁波帮”把有诚信的传统道德与市场经济完美地结合在一起，把恪守信用作为衡量商人的标准，他们讲信誉、重情理，为世人所称颂。

叶澄衷的创业发家史，生动地体现了宁波商人的“诚信”价值观。14 岁的叶澄衷告别镇海老家到上海学生意，开始在黄浦江上摇小舢板。一天，有一美国洋行经理雇叶的小舢板，从小东门行驶到浦东杨家渡。舢板靠岸，洋人下船，但将一只皮包遗忘在船上。叶打开一看，见有美金数千和支票及钻戒、手表等物，遂停下生意不做，在原处守候，以等洋人来寻失物。直到夕阳西下，那洋人焦急寻来，叶便将皮包奉还。洋人开包验观，原物一点不少，大为感动，意欲酬谢，被叶婉言拒绝。洋人益发感动，仍旧要乘叶摇的舢板返回外滩，到苏州河靠岸，拉叶到洋行，要他帮助做五金生意。于是，叶澄衷依靠“开通敏达，诚实可信”，从此发迹。

“宁波帮”开创的事业之所以能够立于不败之地，靠的就是社会上的信誉。这种信誉，还体现在产品的优质廉价。宁波人说，“上半夜忖忖自己，下半夜忖忖人家”，凡事设身处地为别人着想，不做不守信用的买卖。宁波近代金融业，以经营钱庄闻名于世。当时北京有恒光、恒利、恒和、恒源四大钱庄，“均系甬商经纪，开设京都已二百余年，信用最著，流通亦最广”。轰动一时的电视连续剧《大宅门》的原型，就是宁波乐氏家族的北京同仁堂，至今已有整整三百年的历史，其长盛不衰的奥秘，就是“有方皆法古，无物不藏真”。乐氏严格遵循祖训，一丝不苟：炮制虽繁，不敢省人工；味品虽贵，不敢减药材。

三、艰苦创业

一位哲人说：“奋斗就会有艰辛，艰辛孕育着新的发展。”艰辛与发展是同步的。一切成功，一切财富，一切进步，都从艰辛得来。“宁波帮”发展的历程，是宁波商人一步一步走过来的，“宁波帮”创立的一座座壮丽的大厦，是他们一砖一瓦建起来的。

在“宁波帮”每一个知名的企业里，都有一部艰苦奋斗、勤劳节俭的创业史。

上海“宁波帮”创造的“50个第一”，展现了宁波人艰苦奋斗的精神风貌。比如，我国第一家生产家用电器的企业（华生）创始人叶友才，在与友人杨济川试制电扇之始，完全是白手起家。试样需要图纸，但他们没有，就先对美国制造的奇异电扇进行仿制。没有钱购买奇异电扇，他们就设法找亲戚朋友借。试样机需要加工各种零部件，没有加工设备，他们就按技术要求，分别委托白铁店、铜匠铺、翻砂作坊等单位协作加工。两台样机的试制于1915年完成，经过试验，质量完全符合使用规范。国产电扇的“始祖鸟”就这样诞生了。

艰苦与勤俭是连在一起的，艰苦是勤俭之本，而勤俭则是艰苦之舟。“宁波帮”在创业过程中，对于事业、家庭与自身，都十分注重勤俭。包玉刚尽管早已富甲天下，但他和他的亲属们一直过着非常俭朴的生活。一次，有人问包玉刚：“你到国外是乘专机的吧？”他回答：“我哪能坐专机，我是吃咸菜、萝卜干长大的。”他夫人要给儿女们买鞋，他要求夫人买大一号，因为小孩子的脚长得快，今年穿着大一号，明年就正好了，后年还能凑合一年。这个“鞋子”的故事，让人感到这个“鞋子”不再是鞋子，而是一种精神的象征。

四、报效桑梓

“宁波帮”素有爱国爱乡、热心公益事业的传统美德。凡是有宁波人在外地从事实业的地方，几乎都有宁波同乡会的组织，同乡会都有一个共同的宗旨，就是扶助乡亲，报效桑梓。当他们离别故土，走南闯北，艰苦创业，取得成就之时，不忘报效国家，不忘为故乡父老乡亲造福。

在香港回归祖国的前夕，我曾率领浙江小记者访问团赴港，专访过宁波籍的香港实业家，他们对家乡客人极为热忱。“影视大王”邵逸夫，镇海人，他的浓浓乡情可以从他珍藏的“三件宝贝”中得到证明：一块银元大小的泥土制品，周围镶嵌着一圈稻谷，正中是谷粒镶成的两个字“乡土”，反面是一个“寿”字；一把银制的古式钥匙，上面刻着“桑梓钥匙”；一块石头镇纸，上面有邵逸夫先人的手迹。邵逸夫对家乡小记者说，我的人生格言，就是“要为国家富强多做些事情”。他已捐献了10多亿元人民币，在全国100多所高校、300多所中小学校园内，建造了科技馆、图书馆或体育场馆，为推进祖国教育、科技事业的发展作出了重要贡献。

据报道，就在1985年，即邓小平同志提出把全世界的“宁波帮”都动员起来建设宁波的第二年，海外“宁波帮”人士向宁波捐赠5700万元，是前一年的37倍。到1999年底，共有450多位海外“宁波帮”人士为家乡捐资兴办教育、文化、卫生和各种公益事业2000多项，计6亿多元。他们还在家乡直接投资办厂，开展贸易，已成为宁波出口创汇的生力军。在他们的影响和带动下，海外华侨华人和外国客商纷纷来宁波办三资企业。到1998年底，宁波已有三资企业4128家，协议利用外资68亿元，实际利用外资29亿元。“宁波帮”成为宁波走向世界的重要桥梁和宁波对外开放的重要支撑点，成为宁波现代化建设的一支重要力量。

范仲淹的忧与乐

2008 年 10 月 30 日

作为中国范仲淹研究会副会长，联系范仲淹在浙江任职期间的经历，我写了一篇时评，希望“先天下之忧而忧，后天下之乐而乐”成为各级干部的座右铭。

在杭州西湖的孤山有一座“思范亭”，在建德的梅城有一个“思范坊”，在绍兴的龙山有一处“清白泉”，这些文物古迹记载着范仲淹在浙江三地任知事期间，为民众服务的功绩。几百年过去了，人们依然怀念和崇敬这位“先天下之忧而忧，后天下之乐而乐”的父母官。

范仲淹的忧乐观，激励着一代代后来人，他自己就是身体力行的模范。公元 1049 年（北宋仁宋皇佑元年）仲夏，范仲淹自家乡江苏吴县（今苏州）赴杭州任知州。当年正遇杭州大旱，粮食奇缺。他上任后的第一件事就是解决民众的粮食之困。为此，他绞尽脑汁，四处组织货源，打击投机米商，民众得以安定。他在杭州任职一年半时间，勤政爱民，为官清廉，曾有人建议他在西湖边造房，以作日后颐养天年之用。范仲淹听后断然拒绝说：“西湖乃天下之西湖，我岂能与民争利，将宝地占为一家私有。我所担忧的不是日后无立足之地，而是一日去

参加在北京举办的国际学术论坛。

职后如何去为人。”

范仲淹的忧与乐，源于民本观。以人为本的民本理念，是儒家思想的核心。范仲淹出身宦门，从小受儒家思想的浸染，而在幼年又经历了社会底层的贫困和苦难，年轻时期在关中亲眼目睹病尸遍野，就慨然发誓，“大丈夫当以利泽民生为务”，立志“不为良相，便为良医”。为官后，便一生将“以民为本”“救民之患”作为座右铭，躬身践行。

范仲淹的忧与乐，出自责任感。他说：“居庙堂之高则忧其民。”其意是，为官者最崇高之责是关爱民众，要忧民之忧。明道二年（1033 年），范仲淹在京城任右司谏的小官。这年 7 月，江淮、京东一带蝗旱灾害严重。范仲淹奏请朝廷遣使救灾。仁宗皇帝开始时不予重视，他就当面争论说：“官掖中半日不食当如何？今数路艰食，安可置而不恤？”仁宗很受感动，便派他安抚江淮。范仲淹所到之处，开仓赈济，且禁民淫祀，并奏请减免盐茶税。他还将百姓吃的乌味草带回京城，请仁宗传示六宫贵戚，以戒侈心。其忧民爱民之情可见一斑。

范仲淹的忧与乐，行于实践中。他曾对后来人说：“君不优不显，惟不欺二字，可终身行之。”不欺，就是不欺君心，不欺民心，不欺自己良心。范仲淹一言九鼎，说到做到，一生为官、做人、处世、治家，都始终贯穿不欺信条。有一事为例，他在醴泉寺读书时，发现鼠洞藏有金银，虽贫寒却毫不动心，如数封存。三十年后，献给了寺庙。他在晚年将全部积蓄购置义田，用以周济民众。正是这种不欺的精神，言行一致的行为，使得范仲淹的忧与乐源源流传。

范仲淹的忧与乐、言与行，对于当今思想道德建设、构建和谐社会有着十分重要的现实意义。广大干部，特别是领导干部，应该将范仲淹的忧乐观作为座右铭，情为民所系，权为民所用，先忧后乐，全心全意造福于民。

学习史量才的“三格”思想

2007 年 10 月 27 日

作为中国史量才研究会会长，我深感史量才的“三格”思想内涵丰富，很有现实意义。在研究会成立之际，我发表了主旨讲话。

在浙江理工大学的校园里，耸立着一座史量才的铜像。他早年求读于浙江理工大学的前身杭州蚕学馆，是我国著名的报人、实业家、爱国者。

史量才有句名言：“国有国格，报有报格，人有人格。三格不存，国将非国，报将非报，人将非人。”这“三格”思想，在学校是德育教育的根本，在社会是做人立业的标尺，是我们对国家、对事业、对人生的基本准则。学习、传播“三格”思想，与当今正在建设的社会主义核心价值体系有着内在联系。以爱国主义为核心的民族精神，是社会主义核心价值体系的基石，史量才的“三格”在爱国主义旗帜下，把国格、报格、人格融为一体。一个人为人处世，总要受一定的价值观的影响和支配。如果他失去了人格，失去了自己所从事职业的道德，那么就根本谈不上热爱自己的祖国。同样，一个对自己祖国不忠诚的人，也不可能具有良好的人格和职业道德。在思想多元化

2009 年 12 月，全国纪念中国报业泰斗史量才先生诞辰 130 周年学术研讨会在杭州召开。

的今天，弘扬“三格”思想，对建设社会主义核心价值体系有着深刻的现实意义。

史量才的“三格”思想，产生于民族危亡的抗日战争时期，他在一次演讲中宣誓，“生不做亡国奴，死不做亡国鬼”，表现了高尚的民族气节。他主办的上海《申报》，高举抗日大旗，以舆论的力量与国民党反动派作斗争，最后他遭到国民党特务暗杀。他以自己的生命维护了国家的尊严，也维护了报纸的尊严和个人的尊严。

史量才在办《申报》的岁月里，坚守报纸的品格。他说：“报纸总要为人民说话，才能站住脚。”他把办报视同记载历史，力求全面、详尽、客观、真实地报道国内外事件。他的新闻理念中渗透着民本思想，把“用之读者”作为办报的目的，不断增强报纸对社会的服务性。为此，他在《申报》进行了一系列改革，不断求新求变。这对于今天新闻媒体的宣传报道都有指导意义。

史量才的“三格”思想，是一笔宝贵的精神财富。研究史量才，目的是向史量才学习。我们要弘扬史量才的“三格”思想，热爱祖国，倾心事业，崇尚品德，为当今的经济发展和社会进步尽心尽责。

旅游资源的保护与开发

2007 年 10 月 26 日

作为浙江省徐霞客研究会常务副会长，我多年来在全省各地进行调研，并在一些地方主办的研讨会上作过小结，这里记载的是在“徐霞客与杭州旅游资源保护开发研讨会”上的一段讲话。

今天，徐霞客与杭州旅游资源保护开发研讨会结束了，我提出两个思考题：保护与开发、理论与实践。

保护与开发问题。

旅游资源的保护与开发，首先是保护，就是保护客观存在的实际，以这个实际作为立足点进行开发。保护是基础，开发是在保护基础上的开发；保护不是单纯的保护，而是在开发中保护，开发是为了更好地保护。不能以损害保护为代价，进行掠夺式的开发。这方面的经验很多，教训也不少。

现在，西湖的自然环境为什么能够保持这样协调、美观？上世纪 50 年代初，敬爱的周恩来总理对保护西湖有过三条重要指示：一、西湖风景区不准有烟囱；二、西湖风景区不准建高楼；三、西湖游船不准用汽油。这三条，保护了西湖的自然美。

上世纪 50 年代，绍兴鲁迅故居周边的开发教训深刻：原先宁静的青石板小巷，改造成宽阔的柏油马路，失去了当年的古朴与韵味；而上世纪 90 年代恢复性的开发，虽然想尽量复原当年的风貌，但已办不到了。如今，西湖西进工程、古运河的开发获得良好效果，是属于保护性的开发。

值得注意的是，如今有的地方，那种掠夺式的开发依然存在，这是需要大声疾呼的。

理论与实践结合的问题。这是指徐霞客研究怎样更好地为现实服务。

理论研究，我们已经取得了丰硕的成果。浙江省徐霞客研究会成立 12 年中，我们共撰写了 400 多篇论文。这些研究成果要转化为推动旅游及其他事业发展的生产力，更好地为现实服务。

应用研究需要进一步加强。要对当今旅游事业作一些专题调查。比如，黄金周杭州旅游“人满为患”问题，虽然杭州市采取了一些措施，倡导市民“让景让路”、拓展西湖景区等，但怎样妥善解决这个矛盾，还需要进一步探索与思考。又比如，如何积极开发乡村旅游的问题，我在《提升“农家乐”品质》一文中提出一些意见，需要引起政府有关部门的高度重视。在这次会上，不少代表还提出一些专题，很值得进一步探讨。比如，学习徐霞客，要大力弘扬他热爱祖国、崇尚科学、尊重实践的精神和不畏艰险、深入民间、探索规律的作风。比如，发展旅游事业，要特别关注生态旅游、文化旅游、红色旅游等。

创立马寅初人口福利基金会的由来

1997 年 1 月 23 日

作为马寅初人口福利基金会顾问，建议创立基金会。

上午去浙江省计划生育委员会培训中心，参加马寅初人口福利基金会理事会会议。

基金会主任徐爱光一见到我就说：“感谢你为我们出了一个金点子。”我说：“这个金点子的来源，是你无私的奉献。”

事情经过是这样的：

1993 年 9 月，时任浙江省计划生育委员会主任徐爱光获得首届中华人口奖的工作奖，她准备用 2 万元奖金接济最需要帮助的基层干部及其家属。那天我们见面，她说起此事。我觉得 2 万元能办的事情有限，应该以此为基础建立一个以马寅初名字命名的人口福利基金会。她说好是好，就是困难太多。当时按照规定，创办一个基金会至少要有 50 万元注册资金，她没有办法筹集那么多钱。我答应帮助她，组织有关方面的记者宣传她的义举，很快得到了中国建设银行浙江分行、镇海石油化工总厂和仙居制药厂的响应，三家企业慷慨捐助了共 50 万元注册资金。之后，银行验资和民政部门的注册手续顺利办妥，马寅初人口福利基金会成立。

学会说"白话" 反对新"八股"

——略谈林白水倡导白话文的现实意义

2011 年 10 月 31 日

作为中国林白水研究会高级顾问，我与丁锡满（解放日报原总编辑、中国林白水研究会高级顾问）对林白水倡导的白话文作了一些研究，并在福州举办的论坛上演讲，题为《学会说"白话"反对"新八股"》，以下为摘要。

今年 8 月 6 日，是林白水就义 85 周年。

我们敬仰林白水，一是因为林白水是民主革命斗士，中国报界先驱。他大胆揭露反动军阀，唤醒民众革命意识，不惜以身殉报。这样一身正气、大义凛然、血荐轩辕的前辈报人，是我们新闻工作者的骄傲，值得我们敬仰。二是同我们浙江关系密切。林白水走上新闻从业之路是从创办《杭州白话报》开始的，他同我们浙江的邵飘萍齐名，可以说是"萍水相逢"，同样是被军阀杀害的。林白水又在杭州创办新学，惠及浙江。

1901 年，《杭州白话报》创办之初，林白水写了一篇《论看报的好处》。这篇白话文及时地告诉平民百姓们："天天看报，会慢慢地伶俐起来，也会慢慢地和好起来。做百姓的又伶俐，又和好，此外还有很多说不尽的好处哩。"接着，贴近百姓的话题频频出现：妇女放足，破除迷信，禁止鸦片，等等。正是这些平民化内容，实实在在地影响着平民的生活。很多“老太太”“少太太”在这些内容的激励下，烧了裹脚布，纷纷放足。全国第一个“妇女放足会”就这样在杭州成立了。

当年林白水倡导白话文，打破了那个时代文言、八股的锁链；那么当今我们学习林白水的白话文，也要摒弃新八股的危害。且看当今一些报纸文风、会议上演讲者的表现：

一、套话连连，了无新意。套话，也就是官话，是一种流行的公式化语言。报道会议新闻和领导讲话，公式化的套话是不可缺少的。这种套话一再重复，人所共知，没有自己的思想、认识和体验，这种报道就会令人讨厌，无法与读者、听众沟通。

二、无的放矢，空话连篇。此类文章、话语，读起来、听起来没有错，但毫无实际意义，什么要“进一步”如何如何，要“加强领导”，要“发动群众”，要“落实政策”，等等，至于下文就没有了，不与实际结合，等于是“正确的废话”。

三、天花乱坠，语言无味。作文、讲话不直奔主题，讲求面面俱到。原本是“言为心声”，语言是思想的“外壳”，应当生动活泼，富有个性，但此类文章、讲话，如同“懒婆娘的裹脚，又长又臭”，读者、听者受累，害人匪浅。

四、装腔作势，官味十足。某些人讲话居高临下，哼哼哈哈，摆架子，做样子，故意吓人，此类套话、大话、空话，正如毛泽东同志指出的，“这里包含很多的毒素”。

五、随俗媚俗，污染语境。这种文字，大都出现在文艺报道中。某些缺少文化的文化界人士，素质低下，语言粗俗，因为出了名，报纸、电视可以用他作为卖点，招徕顾客，就对其趋之若鹜，详尽报道他们的一言一行，这就污染了新闻媒体的语言环境，弄脏了版面和荧屏。

以上种种表现说明，我们现在的报纸，这种倾向比较严重，就是官化和媚俗化。这是两个极端，官化枯燥乏味，媚俗化是低级趣味越来越多，都是脱离群众的东西。

学会说白话，反对新八股，改进报纸文风，最核心的问题，在于牢固树立群众观点，密切联系群众。林白水具有强烈的平民意识，有百姓的思维和情感，所以才能成为群众的贴心人，才能把话说到群众的心坎上，写出通俗易懂、实实在在、明明白白的白话文。我们纪念林白水，向林白水学习，就是为了继承林白水以民为本的办报思想。我们的报纸是人民的报纸，党中央机关报就叫人民日报。对报纸来说，人民利益高于一切。我们报纸要担负起社会责任，我们报人要有新闻工作者的良心，为老百姓说话，做人民喉舌。

在中宣部修订教材

2006 年 3 月 29 日

中共中央宣传部为编辑出版《新时期宣传思想工作》，决定成立教材审议专家组，我被聘为专家组成员，参与了教材的修订工作。

总编室送来一封中宣部办公厅信函，写道:《新时期宣传思想工作》干部教材于 2001 年开始试用，在宣传干部的教育培训工作中，发挥了重要作用，收到广泛好评。为适应宣传思想工作新形势新任务需要，教材修订工作自去年启动，目前已进入审议阶段。为保证教材质量，决定成立教材审议专家组，召开《新时期宣传思想工作》干部培训教材审议工作会议。特邀请你单位江坪同志参加。

补记：

我于 4 月 2 日赴京，中宣部为专家组成员颁发了聘书。在 10 天的教材审议中，我着重就新闻工作提出了意见和建议。当然，参与这项重要工作，对我也是一次很好的学习。

穆青
摄影展
主办单位：浙江省新闻工作者协会
中国新闻摄影学会
新华通讯社浙江分社
浙江省摄影家协会
展出地点：杭州孤山西湖美术馆
展出时间：20001 年 4 月 18 日
上午 9：00 至 23 日下午
（11：30 — 13：00 休息）
2001 · 杭州
穆青摄影选
SELECTIED PHOTOGRAPHIC WORKS OF MU QING

穆青赠书。

07

师长印象

在人生的征途上，能够遇到几位知心的前辈、师长，是十分难得的。在交往中，他们以自己的言行，告诉你怎样面对困难，怎样从事事业，怎样做一个有益于社会、有益于人民的人。

激情社长穆青

2004 年 2 月 20 日

与穆青同志曾有过多次交往，记忆最深的是他最后一次来浙江采风。

2001 年 4 月中旬，为了追赶江南的春色，80 岁高龄的穆青来到浙江，同时带来了他的摄影展。

穆青在浙江短短 12 天，除主持摄影展外，马不停蹄地跑了嘉兴、绍兴、衢州、丽水、温州、台州等 6 个地区，拍摄了数以百计的照片。在这期间，我有机会多次与穆老接触，从他的言行中，再一次感受到这位新闻界老前辈对事业的执着追求与献身精神。

看了穆青摄影展，又细读了他赠送的摄影作品选，再聆听他的热情介绍，“穆青——著名记者”，在我的脑海里更为形象、更为具体了。

你看，在加拿大访问时，他为了拍摄《生的搏斗》，不顾身上穿着一套崭新的西装，毅然伏在冰天雪地之中，近距离，准确、生动地拍摄了这个雪里红梅——两支破雪而出的小花的动人镜头。

你看，那张展现湖南张家界秀丽景色的《群峰列阵》，时隐时现，巍巍壮观，给人以无限的遐想。为了拍摄这幅照片，他在登山途中不慎伤腰，但并不退却，请人抬着担架，硬是登上一座山顶，又拄着拐杖走来走去，选择最佳的摄影点。

你看，那张《黄河之渡》，为了等待夕阳、渡船的结合点，他在拍摄处足足等待了三个小时……

穆青同志是中国记协名誉主席、中国新闻摄影学会名誉会长，长期主持新华社工作。半个多世纪以来，他写下了《县委书记的榜样——焦裕禄》《为了周总理的嘱托》等一大批高扬时代精神，感人肺腑，催人奋进的新闻作品，影响了几代人（包括新闻人）。有一次，在交谈中，我向穆老求教：如何发掘新闻报道中的细节？这位新华社的“激情社长”认为，主要靠记者对党的新闻事业的激情。他说：“记者的激情来自对党、对党的事业和对人民群众的热爱；来自英雄人物的革命精神和优秀品质对记者的教育、鼓舞；来自现实生活中记者与各种英雄人物思想感情的共鸣。记者对英雄人物的钦敬，对某些感受的共鸣，必然在记者内心产生一种强烈的责任感。这就是激情。”正是有了这种可贵的激情，他和冯建、周原在采写焦裕禄时，冒着严寒，沿着焦裕禄曾走过的路，访问焦裕禄慰问过的农户，寻找焦裕禄的精神，重温着他与人民群众浓厚的感情……多少次，泪水模糊了眼睛。他们就是以这种与人民群众思想感情的共鸣，在采写焦裕禄的过程中，发现和感受了一个个动人心扉的细节。

穆青同志经常向人们讲起郑板桥那首题竹的诗:“衙斋卧听萧萧竹，疑是民间疾苦声。些小吾曹州县吏，一枝一叶总关情。”他说:“我喜欢这首诗，因为和我的心思相通。你想想，封建时代一个县太爷，还能关心民间的疾苦，我们共产党员，人民的记者，更应该时刻不脱离群众，一字一句总关情啊!”穆老这席话说得多好，再看看他交的那些朋友，更可以知道他的真情所在，知道他何以能够写出这样好的文章。他和林县修红旗渠的排险队队长任羊成，是交往40多年的朋友，他不仅多次去看任羊成，写任羊成，而且几次邀请任羊成到北京家里小住，逢年过节还经常寄礼物给任羊成。得知穆青去世的消息，任羊成泣不成声，拖着病体连夜赶往北京，在穆青的遗像前放声大哭。全国植树模范“老坚决”潘从正，也和穆青成了莫逆之交，他们几十年来往不断。还有植棉模范吴世昌、铁人王进喜、鞍钢老英雄孟泰……他把根深深地扎在人民的深厚土壤里，从中汲取丰富的营养，和人民同呼吸，共命运，为人民鼓与呼。

怎样做好合格的党的新闻工作者，穆青同志为后人树立了榜样。

此外，在新闻摄影方面，穆老也为我们开拓了新的思路。早在20世纪80年代初，他针对新闻摄影，提出了“图文并茂，两翼齐飞”的著名论断，为当今的“读图时代”作了理论上的准备，而他自己则身体力行。当他谈及自己为什么背起照相机时说："我常常懊悔，由于不会摄影，坐失了多少传递美的良机。于是，从上世纪80年代起，我不顾桑榆之年，奔走于繁华的都市，穿行于荒僻的山村，攀上高山之巅，驰过草原大漠，每次旅行或采访，我几乎不放过片刻的闲暇，尽情地拍摄。"

在杭州的一次老中青少记者"四代同堂"的座谈会上，有位年轻记者问穆老："您为什么总能写出紧扣时代脉搏的报道，发出振聋发聩的声音？"他深情地说："一是对党的路线、方针、政策要深刻地学习、领会，二是要对人民群众有深刻的爱，缺一不行。我虽然写过一些报道，但总觉得欠党和人民的债太多，现在我还不停地写，不停地拍，为的就是还债。"

可敬可亲陈冰

2008 年 10 月 31 日

“浙江日报创刊 60 周年大庆我要来参加！”在浙江日报 55 周年社庆的时候，陈冰同志——我们报社的首任社长向大家承诺。我们期待着与老社长重逢的这一天。但是，离“这一天”只有几个月，可恶的病魔夺走了我们这位可敬可亲的师长，“这一天”没有了，大家深感悲痛。

陈冰同志十分关心我们这一代人的成长。上世纪 50 年代，我刚踏上新闻工作岗位，在浙江工人报当记者。当时，他是省委宣传部部长，我们经常能听到他很吸引人的讲话。他往往从一件事情讲起，就实论虚，有形象的描述，有理性的提升，让人深受教益。60 年代，我调入浙江日报，开始与他有了接触。1964 年，我参加了省委社会主义教育工作团，和报社同志一起在上虞蹲点。后来陈冰同志将我一个人调到萧山，说让我更好地锻炼，编辑《萧山通讯》。那段时间，我既跑面，又跑点，了解了农业、农村、农民的许多实际情况，同时又提高了编辑业务水平。上世纪 80 年代初，我在中央党校学习，趁假日专门去天津看望在那里工作的陈冰同志与刘芬同志。他们很热情地接待我，留我在家里吃午饭，问起报社情况，问起我的学习体会，还问起我爱人谭丽娟在哪里演出，会不会到天津来？陈

和浙江日报首任社长陈冰（右二）在一起。

冰同志勉励我要热爱新闻事业，热爱浙江日报，说浙江日报是毛主席向广西省委推荐的一张省级党报。

我的成长得到陈冰同志的教诲，谭丽娟的艺术之路也得到他的引领。上世纪60年代，敬爱的周总理要谭丽娟去上海学声乐，把“民族性与科学性”紧密地结合起来。这件事，是陈冰同志亲自办理的，他安排谭丽娟到上海声乐研究所学习，使她掌握了科学的发声方法。后来，谭丽娟在音乐艺术上有一定长进，准备出版一本专集，请陈冰同志作序，他马上答应，并很快写了一篇一千余字的序言。其中有一段话，成了谭丽娟的座右铭：“不自满，不懒惰，不停顿。干一行，爱一行，而且不怕困难，不三心二意，干到底，爱到底。这种精神，不管干什么工作都是需要的，要做一个有出息的、有生命力的歌唱演员，尤其需要。”

陈冰同志关心新闻改革，关心浙江日报事业的发展，他想得很多，想得很细。有三件事，我印象很深。一件是，在纪念浙江日报创刊50周年的时候，他提笔撰文，题为《对新闻界“五愿”》：一愿新闻短些更短些，从而扩大报纸、电视、广播的“单位信息量”；二愿会议新闻少些更少些；三愿少登名人名单；四愿少出现错字、错话，尤其是那种不应该出现的；五愿改进广告。这“五愿”，对于新闻改革都很有针对性，是当今新闻人应该认真思考和付诸行动的。第二件是，1991年10

月，陈冰同志在长沙获悉，浙江日报在中国新闻奖评奖中名列榜首，马上写信给我说：“从广播中听到浙报在全国评奖中获奖并名列榜首，特致祝贺。我作为浙报一名老兵，深感欣慰。”第三件是，2002年初春的一天，陈冰同志派驾驶员给我送来一包书和一封信，说他最近整理书籍，有几本有关我国外交方面的书，对他来说用处不大，就放在报社资料室，可能到时候有用。这信、这书，包含了老社长对报社的深厚情意。

写到这里，我又想起了2004年5月8日那一天，为庆贺浙江日报创刊55周年，陈冰同志从病床上起来，坐着轮椅来到报社。他的出现，给几代报人以鼓舞和激励。他在座谈会上一字一句的讲话，至今还在我耳边回响：“要听党的指挥，要坚持新闻改革，要培养年轻一代……”尊敬的老社长，我们记住了你的嘱托，我们一定会努力去做。

息息相通赵超构

2010 年 5 月 26 日

高尔基说："最好的朋友是那种不愿意多说，能与你默默相对而又息息相通的人。"赵超构就是这样一位前辈朋友。

1986 年秋，我受浙江日报编委会委托，筹办钱江晚报。我感到既兴奋，又有压力：怎样办好晚报？就在此时，全国晚报联谊会在福州召开，邀请正在筹办晚报的浙江日报参加，会议主持者就是联谊会会长、我国新闻界前辈赵超构。这真使我喜出望外。会议期间，我专门拜访赵老，向他求教。赵老给我的第一个印象，是平易近人，话语不多。他看到我十分高兴，操着带有温州乡音的普通话说："我是文成人，我们是浙江老乡，知道故乡要办晚报，我盼望已久了。"说到请教，他连连摇手："不敢当，不敢当。"接着，他简要地向我解说新民晚报"飞入寻常百姓家"和"短些，短些，再短些；广些，广些，再广些；软些，软些，再软些"的办报理念。他认为，飞入，不是闯入，不是强入，而是像可爱的燕子那样，被千家万户的主人欣然接纳。赵老言简意赅的介绍，使我进一步明确了办报的真谛：心中要有读者。因此，我在钱江晚报试刊号上写了一篇短文，提出"心向读者，情系万家"的办报宗旨，其中有这样一段话："读者与报纸的关系，如同钱江之源与钱江之水。浩荡的钱江，何曾一日没有源头的激励？如果没有钱江两岸广大读者热切的关怀，以闻名中外的钱江命名的晚报，就难以起步，更难以发展、成长。”

1991年岁末，钱江晚报创刊5周年的时候，我事先写信请赵老为报纸题字。很快，他就寄来贺词：“宣传政策，传播知识，移风易俗，丰富生活。祝钱江晚报风行全国。”赵老不仅对进一步办好报纸提出指导性的意见，而且对报纸提出了“风行全国”的更大期望。今天，我们可以告慰赵老：钱江晚报创办之初发行5万多份，至今的发行量是近百万份。据世界报业协会第61届会议公布，钱江晚报居世界日报发行百强榜第50位。

赵老长期担任新闻工作的领导，又是著名的社会活动家，在繁忙之中，依然笔耕不辍，他是新民晚报《未晚谈》的专栏作家，为读者留下许多脍炙人口的作品。一段时间，我在钱江晚报开设《闻涛集》专栏，就是向赵老学习的。时至今日，我依然在学习写作，深感从前辈身上学习到不少宝贵的东西，这大概是心灵上的息息相通吧！

新闻行家范敬宜

2010 年 11 月 21 日

范敬宜是人民日报原总编辑，是我国当代一位杰出的新闻工作者。在改革开放初期，他在辽宁日报当记者时撰写的新闻述评《莫把“开头”当“过头”》，被《人民日报》头版头条转载，成为捍卫十一届三中全会路线的一篇经典之作。

我与老范相识多年，近几年接触得更多。2003 年岁末，他应邀来杭州为全省新闻骨干传授新闻工作实践经验。他十分重视，精心备课，写了 15000 多字的讲稿《谈谈新闻工作者的社会责任》，整整讲了 3 个小时。当时他的健康状况并不太好，我请他在杭州多住了几天，陪他泛舟西湖，观赏新建的雷峰塔，并去富阳华宝斋访问。

他在这个线装古籍的作坊里，留下了范仲淹的“先天下之忧而忧，后天下之乐而乐”的题字，并附一首小诗。当时，我触景生情，请他为我写一幅范公的《岳阳楼记》全文，老范二话没说，就答应了。时隔不久，老范用快件寄来了书法，在“全文”之后，写了这样一段话：“吾家先祖文正公，在布衣为名士，在州县为能吏，在边陲为良将，在朝堂为良相，在文场为大家。所撰《岳阳楼记》一文，写气象万千，抒爱国之情，光耀日月，传诵千古，每一展读，未尝不豪情满怀也。癸未之冬，有杭州之行，承江坪同志偕游富春，临别嘱录斯文，乃勉力为之。时在甲申岁首，书元足观，以先贤名义相勉而已。吴郡范敬宜书。”看着老范这幅笔墨清秀的书法，读着这段充满感情的附文，我立即与老范通话深表谢意。如今，这幅《岳阳楼记》，悬挂在我家的客厅里。

老范与我各自在新闻岗位工作几十年，都有一个共同的心愿：为培养新闻后来人做一点工作。他在人民日报社卸任后，担任了清华大学新闻与传播学院院长，而我在浙江日报社卸任后，担任了浙江理工大学文化传播学院院长。我们经常在通话中交流办学体会。老范担任院长还负责“评论与专栏写作”课程，为学生批作业，写按语。同时，他十分重视学生的社会实践。2005年，他看了学生李强在寒假期间到农村调查，写成的调查报告《乡村八记》，认为很有参考价值，送给了温家宝总理。总理读后给范敬宜复信：“从事新闻事业，最重要的是有责任心。而责任心来源于对国家和人民的深切了解和深深的热爱。”老范倡导的学生社会实践的经验，也在浙江理工大学文化传播学院推广，收到良好的效果。

老范对各种新鲜事都有浓厚的兴趣，对温州人的创业精神十分钦佩。他多次向我表示要去温州走走看看，我也多次作过安排，温州新闻界朋友也盼望聆听这位新闻界名家的精彩讲演。然而，几次相约，他却都难以成行，因为有时候他要给学生上课，脱不了身，有时候身体不好，医生不让外出。

老范是中国范仲淹研究会会长。在筹备研究会期间，他打电话给我，请我担任副会长，协助他做点工作。可是，我对范仲淹很少研究，感觉畏难。他鼓励我，并说范仲淹在杭州、建德、绍兴当过知事，我在浙江理应担当一些责任。研究会每年都举办学术论坛，老范每次都致开幕词。去年研讨会在杭州举行，老范因身体不适不能前来，他请我多费点心，并希望论坛要突出"古为今用"的主题。这样，我在会上大力推荐了河南省郑州市弘扬范仲淹的"先忧后乐"精神，推动社会主义精神文明建设的先进典型。

老范是新闻行家，有很高的文化素养。他以丰富的新闻实践经验，为我们留下两本专著:《新闻作品集》《总编辑手记》。他还连续数年在新民晚报上开辟了《敬宜笔记》专栏，以敏捷的思维和优美的文字，写了100多篇杂文。他不仅有深厚的文字功底，而且在诗词、书法、绘画创作上颇有造诣，他送给我的《范敬宜诗书画》，我放在书橱的显目位置，对我鞭策。

"铁肩担道义，妙手著文章"，革命前辈李大钊所推崇的精神，在老范身上充分地展现出来。他有一副"铁肩"，坚定地担当起为党和人民事业鼓与呼的重任；他有一双"妙手"，洋洋洒洒写下了大众喜爱的大量多姿多彩的文章。

一生笔耕于冠西

2012 年 12 月 28 日

他是一位慈祥的严师。浙江日报是冠西同志长期工作的地方，这位战地记者出身的总编辑，对报社有着深深的情感，这种情感，有许多反映在对后人的扶持与培养上。他对新闻报道的要求十分严格，精益求精。上世纪 60 年代初，当时我是政文组的记者，他布置我去嘉兴采访干部参加集体劳动的新闻，规定 3 天完成任务。在我按时将稿件发出之后，他便把我找去，仔细地指出稿件的不足，要我修改一遍。我改好了，请他审稿时，他又提了一点意见，让我再改。当我第三次将稿件交给他时，他让我坐在他的身边，拿起笔逐段地为我的稿件润色。此时此刻，我的内心真是感慨无限：多好的总编啊！第二天，稿件在头版头条见报，并将“本报记者江坪”加花边框刊出，这些都是冠西同志安排的，这怎么能不使一个年轻记者铭记在心呢！他不仅对我这样，对许多同志都是这样。摄影记者徐永辉关于一户农家的跟踪报道，就是在他悉心指导下做成的。1959 年，徐永辉跟踪农民叶根土一家 10 年的摄影作品完成之时，正值叶根土的女儿桂凤出嫁之日，冠西同志看了照片就出了一个金点子：将叶根土 10 年的照片精选一组，配上镜框，作为陪嫁的“传家宝”，送给叶根土。他又为这组摄影作品《一户人家十年间》配了长诗，发表在报上，并鼓励徐永辉继续跟踪下去。10 年、20 年，徐永辉至今已跟踪了 50 多年，使这组《一户农家五十年》的新闻摄影报道，成为国内外闻名的新闻佳作。

他是一位出色的记者。革命战争年代，冠西同志奔赴前线，在战壕里，写出了像《“老红”——勃朗宁机关枪》这样脍炙人口的佳作。在新中国成立前夕，他作为大众日报和新华社华东总分社驻北京的记者，10 天之中写了 24 篇新闻通讯，留下了许多宝贵的史料。在任浙江日报总编辑期间，他以“认真做事”自勉，“在家当编辑，出门当记者”，写下了众多切中时弊、颇具文采的新闻、通讯和言论，为后来人作了示范。上世纪 60 年代初，根据省委书记江华同志的意见，《浙江日报》开辟了《必要的一课》专栏，从开栏的编者按语、组稿计划到每篇稿件，他都亲自过目，动手修改，使这个专栏成了全国省报中的名牌栏目。此外，他主张报纸要刊登漫画，上世纪五六十年代，《浙江日报》国际版经常刊登漫画，他与省内漫画家交朋友，商量漫画的主题、内容和表现形式，使读者能更深刻地了解国际风云的变幻。

他是一位多才的作家。他会写诗，善书法，能摄影，精散文，有深厚的艺术功底。他的抒情诗很优美，有情的寄托，更有志的抒发。《我若化作一阵长风……》是我喜爱的一首，诗中写道:“我若化作一阵长风，今天，将沿着祖国的大地巡行，吻着每一双勤劳的手，把人民的功勋赞颂……”诗言志，这阵“长风”可以看作是冠西同志的化身。他的书法独具一格，既有颜体的凝重，也有柳体的舒展，更有他自成一体的神韵。他在给友人的书信中，往往会附一件书法小品，令人赏心悦目。他的摄影艺术，不会比专职摄影记者逊色。在报社任总编期间，他经常带着摄影记者上山下乡，拍摄一组组思想性与艺术性俱佳的新闻图片。上世纪 60 年代初拍摄的《天目秋色》，是他的代表作，那位勤劳、纯朴、美丽的山村少女，给读者留下深刻的印象。至于他的散文，更是给人以美的享受、智的启迪。以写他长期居住的竹竿巷为题的散文，就有 4 篇之多:《深巷》《〈深巷〉发表之后》《绿地 · 小楼》和《树友们》。这些作品都刊登在《人民日报》的“大地”上。

慈祥的严师，出色的记者，多才的作家，这就是我心中的冠西同志。他一生笔耕，用文字表达一位党的老一辈新闻工作者对人民的一片忠诚，为后来人树立了学习的榜样。

启蒙老师丁菲

2001 年 5 月 31 日

我认识丁菲同志是在 1952 年秋天。那时候，我刚从省总工会干部学校毕业，被分配到浙江工人报工作。走出机声隆隆的纺织厂，进入电话阵阵的编辑部，开始时我很不习惯，对新闻工作也并不热爱。编辑部交给我的第一个采访任务，是访问一位刚从抗美援朝前线回来的杭州市医院医生，请他揭露美帝国主义在朝鲜进行细菌战的滔天罪行。按理说，这是一篇比较好写的报道，主题明确，采访对象又有亲身感受。但是，我竟坐在采访对象面前发愣，连一个问题都提不出来。采访失败了，我很痛苦，就找社长丁菲同志："让我回工厂去吧！写文章是那些戴眼镜先生们的事。"她听了后对我笑笑，耐心地说："革命工作，要干一行爱一行。新闻事业是十分重要的，党和人民天天都离不开它。它向人民传递信息，它为人民解答难题，它给人们以鼓舞和力量。你是工人出身的干部，要为工人阶级争气。"她还联系自己十几岁参加抗日工作的经历，来启发我、引导我，使我感受到肩上的责任。

这次谈话，对我几十年来的成长影响很大，这是一次启蒙教育。

在浙江工人报期间，丁菲同志为我们几个年轻记者创造了

丁菲（前排中）和浙江工人报工作人员合影。

良好的工作条件，指定有经验的老同志带我们，并根据不同情况，安排一些专题让我们去采访。1957年，我接受了采访大革命时期宁波工人领袖王鲲烈士事迹的任务。连续半个多月，跑杭州、宁波、上海等地，访问有关老同志、老工人，积累了大量素材，又花了一个星期，写成5万多字的纪实文学《在甬江热潮中》，在浙江工人报上连载。在整个采访、写作、出版过程中，丁菲同志和总编辑从主题提炼、组织结构到文字修饰，花了大量精力。与我同年进浙江工人报的，还有沈虎根，他是余杭一家商店的学徒，丁菲同志也关怀备至，考虑他在文学创作上有培养前途，就让他编辑工人文学副刊，并安排他到杭州丝绸联合厂、半山钢铁厂蹲点，边工作，边体验工人兄弟的生活，为他以后的文学创作打下了扎实的基础。

1961年初，国家困难时期，浙江工人报停刊，我和沈虎根等跟随丁菲同志到浙江日报工作。她担任副总编辑，分管农村报道和值夜班。对于一位女同志来说，长年值夜班是很辛苦的，责任也很重。每天晚上9点钟上班，第二天凌晨两三点钟下班，有重大事件发生还得通宵值班。每天要安排要闻版和国际国内版的版面，审阅主要新闻稿，还要撰写言论。当时，我在政文组任记者、编辑，与她见面不多，偶尔下午在编辑部见到，她总是关切地问：工作好吗？趁年轻的时候多磨练自己，多下去采访，多写些报道。有时，我写的或编的稿件发到要闻版，如果有什么问题，她总是把我找去，一一指点并修正我的稿件，总是说：“你看，这样改对不对呀？”我听了十分感动。

丁菲同志的病是在“文革”中发生的。在那个动乱年代，她的身心遭到严重摧残。二三十年来她是在病魔的折磨中度过的，这也给家人带来痛苦。即使在这样的情况下，她还关注着党的新闻事业的发展。上世纪八九十年代，我在报社值夜班，经常在深夜能听到她打来的电话，和我们商谈如何按照省委意图办好报纸，如何组织好专题报道，如何把好最后一道关，等等。尽管她有些认识与客观实际有距离——因为她在重病之中，但从她轻声、耐心的话语中，我们感受到了一位老新闻工作者对党的新闻事业的挚爱与忠诚。

人生最大的乐趣、最高的价值，应该是将自己的一切融于为人民造福的社会之中，丁菲同志的一生就是在实践着这个共产党人共同追求的崇高目标。

出席六届全国人大一次会议的浙江代表团全体人员在人民大会堂前合影。

08

峰会侧记

新闻工作者作为社会大家庭的成员，自然要肩负起推进社会进步的责任。多年来，我先后参加过全国人民代表大会、全国科学大会、省党代会、省人代会和省政协会议，参与讨论党和国家的大事，结识许多各界的精英，报道峰会的各类信息，留下社会进步的印记，也反映了记者生涯的多彩。

当家作主

——六届全国人大一次会议日记

“我是人民代表”

1983 年 6 月 1 日

作为浙江省出席六届全国人大一次会议的秘书处成员，上午 9 点，我同 121 位代表一起，乘专机飞往北京。在候机的时候，我看到舟山地区代表、原专署专员王家恒聚精会神地在翻阅一份材料。上前打听，原来是他准备向全国人大会议提交的一份议案，题目是:《充分发挥海岛优势，加快舟山经济建设》。

“这是我考虑多年的事了。”老王向我介绍说，他长期在舟山工作，如今退居二线，被选为全国人大代表、省顾问委员会委员，可以有更多时间作些调查研究，为振兴舟山经济做点事情。说罢，他递了一份议案的复印件给我。我粗粗翻阅了一下，在这洋洋洒洒 3 万字的议案中，他详细地分析了舟山群岛的优势，并提出四条加快海岛经济发展的意见：“抓住渔业生产、水产养殖和农盐林牧的综合发展；发展岛屿之间和外海交通运输业；利用对外开放条件，加强与长江三角洲和宁波的合作关系，加速海岛工业发展；重视智力开发，加速人才培养。”每一条建议都有充分的数据与论证，字里行间浸透着这位老同志对加快开发舟山群岛的赤子之心。我不禁赞叹道：“家恒同志，你真是个有心人哪！”

老王笑道：“我是人民代表嘛！”

陆明杨登上大会主席台

1983年6月3日

上午，我乘车去人民大会堂参加党员大会。杨尚昆同志作动员报告。这是我第二次参加这样的大会了。第一次是1978年春天的全国科学大会召开前的党员大会，由方毅同志作动员报告。党中央领导同志直接召集我们开会，要求每个党员保证把大会开好，这是党对我们的莫大信任。

晚上，全团开会，通过一些草案。在大会主席团成员中，有我省代表、杭州市环卫处工人陆明杨的名字。他热爱本职工作，不怕脏和苦，二十多年来坚持做清运粪便工作，热情帮助青年职工进步，教育儿子也进环卫处当清洁工。他是浙江省劳动模范。会后，我找了老陆，请他谈点感想。这位憨厚、朴实的老工人激动地说："我们环卫工人能登上这样庄严的主席台，是党的关怀，人民的信任。"

向前辈们学习

1983 年 6 月 9 日

这几天，都安排小组讨论，在北京的浙江籍代表都来了，他们都是我国各界的著名人士：全国人大常委会副委员长胡愈之（上虞人）和夫人沈兹九（桐乡人）、物理学家贝时璋（嘉兴人）、机械工业部顾问沈鸿（海宁人）、中国农科院院长金善宝（诸暨人）、考古学家夏鼐（温州人）、红学家吴吉昌（嘉兴人）、诗人艾青（金华人）等。

几天相处，我与他们当中的几位长者从不熟悉到熟悉，在交流中得到许多教益。今天，我抽空访问了年近 90 高龄的金善宝教授。

一个提案的产生

1983 年 6 月 11 日

会议期间，不少代表白天开会，晚上还到处去忙乎，顾不得参加会议安排的文艺活动，路甬祥就是其中的一位。我每次招呼他去看演出，他总是笑着说："晚上我已经有安排，不去了。"

路甬祥确实忙。自德国进修回国后，他一直为筹建我国第一个机械液压研究所在忙，从中我曾助过他一臂之力。参加全国人大会议时，他协助老校长刘丹向大会提交了一项关于发展高等教育的建议，建议书写道："培养社会主义建设的高级人才，是涉及到社会主义建设成败的一个关键问题，也是关系到国家教育事业独立完整发展的关键问题。在我国当前的情况下，从全国七百余所高等院校中，选出五十所左右基础较好、师资力量较强、教学质量和科学研究水平较高的院校，像国家的七十个重点经济项目那样列为国家的重点项目。"这项建议，得到许多代表的赞同和支持，其中有贝时璋、沈鹏、夏鼐、陆达、顾功叙、金善宝、项淳一等等。这项建议，从起草到印刷都由路甬祥"包"了。一天，他问我哪里有复印机，帮助印一下建议书。我向首都新闻单位的朋友求援，很快帮他解决了困难。

在人民大会堂浙江厅

1983 年 6 月 14 日

上午，全团同志到人民大会堂浙江厅开会。

浙江厅在大会堂二楼，靠长安街方向。厅内的摆设都是本省工艺品中的经典之作。悬挂在厅正中墙上的是一个大型瓯塑《西湖天下景》，左右两边有两幅国画，一是国画大师潘天寿的名作《映日荷花别样红》，一是余任天的花鸟。在国画下端，放着两张大茶几，上面摆着两件工艺品：青田石雕《奔马》和嵊县竹编《大香炉》。在这两件工艺品两旁，又放着一对龙泉青瓷：花瓶与香炉。真可谓集浙江工艺精品于一室，美不胜收。

琳琅满目的艺术精品，自然引起人们对那些巧夺天工的创作者的关注。青田石雕《奔马》的作者，是本届的全国人大代表林耀光。这位中年工艺美术家，多年来从事骏马的雕刻创作，他的作品曾作为国礼，赠送给朝鲜的金日成主席。他雕的群马，形态各异，布局独特，分成三组：第一组两匹，相互呼应，飞奔向前；第二组是四匹，凌空腾起，其中一匹异常突出，引首长啸，向后呼唤，是作品的核心；第三组十匹，仰头长颈，你追我赶。整个作品气势磅礴，生机勃勃。林耀光看到自己作品能在庄严的人民大会堂陈列，又是放在浙江厅内，十分欣慰。

他深有感触地说："解放前，石雕受到歧视和排斥，石雕艺人终年愁吃少穿。如今石雕作为国宝登上大雅之堂，石雕艺人也当了国家主人，真是两种社会两重天哪！"

在人民大会堂浙江厅。

春暖心田

——全国科学大会记事

1978 年 3 月 24 日

这几天，参加大会的浙江一百多名代表，听了邓小平同志的重要讲话，感到阵阵春风吹进了心坎里，大家喜笑颜开，心花怒放，感到无比温暖。

邓小平同志运用马列主义、毛泽东思想，阐述科学技术是生产力的观点，把“四人帮”搞乱了的大是大非问题说透了，讲到代表们的心里了。省农业学大寨的先进集体——余杭县博陆公社长征大队党支部书记季天根，对这一点感受特别深。他说，我们大队解放初期粮食亩产只有 300 斤左右，去年达到 2232 斤，是初期的 7 倍多。这都是同研究和运用农业科学技术，大搞科学种田分不开的。特别是 1970 年以来，大队成立了科研小组，办起了农科队，使农业生产七年跨了七大步，平均每年亩产递增 140 多斤。贫下中农说，科学种田，越种越甜，发展生产，就要相信科学。季天根听了邓小平同志的讲话，搞科学种田的信心更足，劲头更大了，决心按照党中央号令去办，坚持科学实验，为建设强大的社会主义祖国作出贡献。

邓小平同志在讲话中，对科技队伍的科学分析，使得代表们，特别是代表中的老科学工作者激动万分。他们说，“四人帮”迫害我们，把我们作为“专政对象”；党中央爱护我们，把我们绝大多数看作是“无产阶级的一部分”，真是两条路线两重天啊！浙江大学老教授王启东，是1949年解放以后从美国回到祖国的，决心与工农结合，把自己附在无产阶级的“皮”上。但是林彪、“四人帮”硬是把“反动学术权威”的帽子扣在他的头上，甚至还荒唐地查问他为什么要回国！今天，聆听邓小平同志的讲话，王启东抚今思昔，感慨万千。他说，邓小平同志代表党中央对我们从旧社会过来的知识分子作了合情合理的分析，对我们的进步和工作评价这么高，真是非常激动，从我个人来说，深感当之有愧。我决心不辜负党的信任和期望，牢牢地附在无产阶级这张“皮”上，为实现四个现代化添砖加瓦。年逾70岁的浙江医科大学教授王季午表示，一定要把科研搞好，把教材编好，把研究生带好，把有生之年全部用于培养造就新的一代身上，为实现四个现代化竭尽全力。

参加大会的许多地委和省级部门的负责同志，听了邓小平同志的讲话，感到很受教育。他们在谈到如何加强党对科技工作领导时，都说自己的认识一定要来一次飞跃，要把进行一场伟大的科学技术革命，提到坚持继续革命的一个重要内容的高度来认识。实现四个现代化，关键是科学技术的现代化。能不能把科学技术尽快地搞上去，关键又在于我们党委是不是善于领导科学技术工作。这是一个十分严肃的问题。我们一定要认清新时期的总任务，坚持继续革命。台州地委副书记陶振民在学习中，欣然命笔，赋诗一首，表达了同志们的革命激情：“一声春雷响五洲，科学大会震全球；八亿神州要四化，人民欢腾帝修愁。革命领袖来掌舵，率领我们新长征；全党全民办科学，愿做科技后勤兵。”

党中央向科学技术现代化进军的号令已经发出，科学技术的春天已经到来，代表们都在认真地思考着：如何在这场伟大的革命中脚踏实地，冲锋在前！

前辈们的心声

——省八届人大一次会议手记之一

1993 年 1 月 7 日

4300 万人民瞩目的省八届人大一次会议，昨天在杭州开幕。我作为全省新闻界代表，被推选为大会主席团成员。在这个庄严的岗位上，我以“两会手记”形式，表达人民代表的意愿。今天写了第一篇:《前辈们的心声》。

昨天上午 8 点半开幕式前，许多老同志前来向大会祝贺。此时此刻，我们的前辈有什么感想，有什么期望，我作为新闻战线的一名代表，了解一下这个情况，义不容辞。

8 点 15 分，铁瑛同志兴冲冲地来了。我们这位老书记，几年来不辞辛劳，经常深入各地调查研究，向中央和省委提供了许多重要情况。今天他已安排到外地去，但仍然坚持来参加开幕式。我请他谈谈感想，他从口袋里拿出已经准备好的文字稿说:“这是我昨天晚上写的，要说的话都在上面了。”我马上展开稿件，里面写道:“新年开始，省八届人大一次会议和省政协七届一次会议的召开，这是我省政治生活中的一件大喜事，我非常高兴。希望代表、委员集中精力开好会议，认真学习党的十四大精神和小平同志重要谈话，围绕经济建设这个中心，联系浙江实际，团结、鼓劲、务实，尽早使我省经济上一个新的台阶。同时，希望大会能选出比较年轻的、有朝气的领导班子，更好地为全省人民服务。”铁瑛同志工整的字里行间，融入了前辈的殷切期望。

大会开幕前，有些代表问我：“李丰平同志来不来？”我一时答不上来。丰平同志是省六届人大常委会主任，也是老省长，今天因为身体不适，没有能够来到会场，但他心系大会。上午10点钟，他专门派秘书请我到他家里。我们见面后，他第一句话就说：“这届人大代表新人多，我高兴，说明我们的事业兴旺发达，后继有人。”这位年逾八旬的革命前辈，用他的话来说：“人离休了，党员身份不能离休。”尽管身体不太好，他还在为人民做些力所能及的工作，关心我省各项建设，也很关心新闻事业，我经常能得到他许多指点，受益匪浅。谈到对新一届人大的期望，老主任说：“我相信人大一届比一届会干得更好。这几年，人大工作有了很大加强，人民的法制观念有了很大提高。在党的领导下，人大只要充分履行宪法赋予的职责，就一定能够在推进全省经济建设和社会发展中发挥越来越大的作用。”

陈安羽同志是我们很熟悉的老领导了，也是浙江日报的热心作者。在大会开幕前一天，我曾拜访过他。上个月，他刚从温州考察回来，向我讲了许多见闻，特别谈到去我省最南端的岛屿——南麂岛。他赞叹道，那里的海水碧蓝，奇岩怪石，多彩的鱼类、贝类，令人眼花缭乱，是一个很有发展前途的旅游胜地啊！

谈起对这届人大的期望，他说：“我们党的事业在发展，新人在成长，相信新一届人大一定会不断开拓进取，一定能够担负党和人民赋予的历史重任。”他言犹未尽，答应明天大会开幕前给我一份诗稿，以诗寄情。就在当天晚上，这位年逾七旬的前辈，回顾过去，展望未来，心潮起伏，欣然命笔，赋诗一首：“彩帜飘扬颂今朝，春风化雨涌波涛。闻鸡起舞图良策，放眼江潮逐浪高。”今日早晨，他见到我就交稿了，并笑着说：“一夜没有睡好啊！”我细细品味这首寓意深邃的诗作，感受到革命前辈对党和人民事业的一片赤诚。

让体育融入生活。

09

快乐网球

1987年4月10日，我开始学习打网球，至今有30多年了。这项运动很适合我们新闻工作者，因为打网球不仅能增强体质，而且对于活跃思维、提高反应能力很有好处。运动贵在坚持，要科学安排时间，也要经得起小伤小痛的考验。

我们将人生看作是一个网球场，我们对待每天生活的态度也应该像运动员一样，都要保持饱满的精神状态。

让体育融入生活，让生活更加美好。

今天开始打网球

1987 年 4 月 10 日

今天下午，我终于到网球场学习打网球了。老实说，以前我对网球是什么样子是模模糊糊的，至于打网球的感觉更是无从谈起。还要感谢崔健同志（原省委副书记）的引领，他是我入门的老师。

网球运动特别适合从事脑力劳动的知识分子。网球既可以单打，又可以双打，既可以打得很激烈，也可以打得很舒展。打网球不但能够增强体质，而且对于活跃思维、提高反应能力很有好处。这对记者来讲尤为重要。打网球益处多多，我一定要坚持。

2003 年 9 月，在（台州）网球邀请赛上。

打网球的考验

2002年12月2日

今天，体坛报在《健康家庭》专刊中，刊登了记者对我们家的访问记，题目是《健康知不足哉》，并配发了我写的一篇短文:《打网球与考验》。这篇短文表达的是我的切身感受，有点意思，录以备考：

如同参与其他体育活动一样，打网球关键要有恒心。我坚持十多年打球，并非一帆风顺，也经受了不少考验。

考验之一：工作忙、时间紧怎么办？开始初学时，我担任省报副总编辑，后来又担任了总编辑，工作繁忙是可想而知的。这就要摆正增强体质与搞好工作的关系。坚持锻炼，有利健康，会有助于工作。“健康是革命的本钱”，有了这个认识，参加体育活动就有了自觉性，时间也可以作出科学的安排。如今，实行了双休日，就更有条件锻炼了。

考验之二：受了伤怎么办？我打网球受过3次伤，第一次是初学之时，手劲不足，对方球打过来，我球拍握不牢，拍子打在自己的额头上，鲜血直流，赶到医院缝了3针。第二、三次，是左、右腿肌肉拉伤，肿痛，一段时间走路困难。每次受伤时，就有同志劝我，不要打啦，多受罪啊！但我认为，不付出，哪来收获？不少为国争光的体育健儿，不也是在流汗、流血、流泪中锻炼出来的吗？这样，我伤愈之后，依然坚持打球。现在，我正从运动的“必然王国”走向“自由王国”。

以球会友 挥拍健身

1996 年 6 月 1 日

经过一段时间的筹备，“星星杯”全国首届新闻界网球邀请赛今天在杭州开幕。这是我多年来想办的一项大活动，目的是促进全国新闻界网球运动的开展，以球会友，强身健体，担当使命。

北京、上海、广州、湖南、四川和浙江的 6 个省市 27 名运动员来参加比赛。

晚上，我主持了全国新闻界网球联谊会的筹委会，并决定第二届全国新闻界网球邀请赛在北京举行，由《中国体育》杂志总编辑万伯翱负责组织。

1996 年，全国首届新闻界网球邀请赛在杭州举行。

羊城夺冠

1998 年 5 月 9 日

第三届全国新闻界网球邀请赛在广州举行。

下午，进行总编组决赛。浙江代表队的我和章新民对阵北京代表队《中国体育》杂志总编辑万伯翱组合。在此前，我们都进行了 4 轮比赛，淘汰了对手，争得决赛很不容易。

比赛开始，场上气氛热烈。兄弟省市的新闻界球友为我们当拉拉队，北京新闻界球友为老万组合鼓劲。

比赛你来我往，打得十分投入。最后，我们以 6 ∶ 4 取胜，夺得了冠军。我对老万说:“你是不是背上了‘卫冕冠军’的包袱?”他说:“你说得对！”

总编组决赛，羊城夺冠。

一个特殊的褒奖

2007 年 11 月 2 日

万伯翱让全国新闻界网球联谊会秘书长几次来电，请我务必参加 7 日在福州举行的“第十届全国新闻界网球邀请赛”。因为，我是这项赛事的主要发起人之一、联谊会的名誉会长，要向老万和我颁发特殊贡献奖。

盛情难却，我准时来到福州。金秋的榕城，气候宜人。来自 16 个省市的 200 多名记者、编辑欢聚一起，挥拍健身，以球会友，显示着蓬勃的朝气。眼看着越来越多的新闻界朋友加入网球运动，我内心感到十分欣慰。10 多年前，1996 年，我以浙江省新闻工作者协会主席的名义，邀请正在开展网球活动的北京、上海、湖南、四川、广东等 6 个省市的新闻界朋友，齐聚在杭州西子湖畔，切磋球艺，增进友谊。当时参加邀请赛的只有 27 人，规模虽小，但影响却是很大的，它向全国新闻界传递一个信息：新闻工作者开展网球运动，有利于身心健康，有利于更好地担负起新闻工作者的社会责任。

如今，我们共同走过 10 多年历程。它丰富了我们的生活，陶冶了我们的情操，为我们建立了一个交流、欢聚的平台，给我们留下许多美好的回忆和珍贵的友谊。

青岛市民钟情网球

2013 年 5 月 20 日

全国新闻界网球邀请赛已举办 13 届了。这次是在我童年求学的青岛市举行，作为网球邀请赛的发起者，我特别关注这个美丽的滨海城市的网球运动。据了解，1897 年德国侵占青岛时，德国人在青岛修建了 5 片网球场地，但当时只限外国人活动。后来由于城市改造，这 5 片场地不复存在。1933 年，青岛在新建的青岛第一体育场东侧建了 6 片网球场，目前有 4 片仍在使用，这是青岛保留的最早的网球场。随着国家的富强和人民生活水平的不断提高，青岛网球运动有了很大的发展，目前全市已有网球俱乐部 32 个，场地 284 片，参与网球运动的达 10 万人。

幸福之家。

10

幸福港湾

家庭，幸福的港湾。

我和夫人谭丽娟，有同样的经历，都是在党的培养下成长起来的。我从一个布厂童工成为省级党报总编辑，她从一个农村小姑娘成为国家一级演员。我们俩对事业都很执着，都很忙碌。长年来，我外出采访或值班，她外出演出或教学，但她花更多时间照顾家庭和培育女儿，我没有想到的，她想到了，我没有去做的，她做了，使我能集中精力从事新闻事业。我感谢夫人，爱我幸福的家。

双子星座

——记江坪谭丽娟夫妇

当代家庭报记者 李郁葱

1999年4月28日

一个学徒工出身的新闻工作者，经过刻苦学习和勤奋工作，成为我省乃至全国范围内闻名遐迩的报人，他就是浙江日报原总编辑、现任浙江省新闻工作者协会主席的江坪。

一个从义乌农村选拔上来的歌唱演员，几十年兢兢业业，成为国家一级演员，现还担任着浙江歌舞团艺术指导，她就是著名歌唱家谭丽娟。

这两个在各自天地里竞逐风流的强者走到了一起，组成了幸福美满的家庭。人们也许会关心两个事业心都很强的人组成的家庭是如何安排事业和生活的？让我们走近他们，看一看他们的生活和事业，也许对我们会有所启迪。

“那时候，她可比我名气大很多”

1948年，江坪14岁，他在宁波一家织布厂当学徒工，其后又当上了厂工会主席。

1952年，一个偶然的机会改变了他的人生轨迹：因为工会工作需要，他到杭州学习，又因为他写过几篇“豆腐干”文章，被浙江工人报留了下来。江坪说，对于新闻事业，开始时他并

瞻仰红船（2022 年金秋）。

不热爱，第一次采访时甚至出了一个洋相，搞得很尴尬。当时报社安排他去采访一位抗美援朝回来的医生，他没有采访的经验，而那个医生又不太会说话，结果采访没有成功。江坪回到报社后大哭了一场，向社长提出要回工厂，然而，在社长的开导之下，他又逐渐安下心来。

只有初中一年级文化程度的江坪下决心要苦读，尽快适应工作，做好工作。他回忆说，年轻时每晚坚持苦读，只睡两三个小时，打实了新闻基础，并养成了每天写日记的习惯，几十年如一日。回顾自己的成长历程，江坪肯定地告诉记者：天才是没有的，一个人的成功是勤奋加上少说空话。

60年代在农村蹲点时江坪和谭丽娟经人牵线认识。回首当年，江坪这位严肃的新闻工作者露出了一丝幽默："当年，谭丽娟的名气可比我大多了。"的确，13岁以一曲《白毛女》开始歌唱生涯的她，50年代所演唱的浙江民歌，如《韭菜歌》《小弟歌》《青丝鸟》《采茶歌》等广为流传，事业上如日中天。

作为浙江第一代歌唱家，60年代初，在周总理的直接关怀下，谭丽娟被送到上海声乐研究所进修，师从林俊卿教授。1962年2月27日，《杭州日报》以《一曲难忘——听谭丽娟演唱"蝶恋花"》为题，发表了关于谭丽娟的评论文章。

这两个事业心都很强的人彼此都有好感，经过一段时间的接触，1966年，他们结婚了；1969年，他们爱情的结晶——女儿江山红出生。在采访中，江坪、谭丽娟夫妇对记者说:“我们互相理解，互相支持，两人配合很默契。”正因为家庭生活的幸福和谐，江坪和谭丽娟两人迎来了在事业上的一个又一个成就。

为了心中的事业

“新闻岗位是实现人生价值的最佳岗位。”几十年来从记者到编辑到部主任到总编的江坪如是告诉记者。在他的办公室里有两幅字十分显眼，那是江泽民题写的“当好党的喉舌，反映人民的心声”和李鹏题写的“铁肩担道义，妙手著文章”。这正是江坪在40多年新闻生涯中努力追求的目标。

1983年，时任浙江日报机动组组长的江坪和两位年轻记者一起去海盐衬衫厂调查研究，访问改革的先行人物步鑫生，发表长篇通讯《企业家的歌》，在全省乃至全国产生了很大反响，荣获1984年度全国好新闻特别奖。

江坪说，新闻事业面对的是几十万几百万的读者。新闻工作者是社会活动家，是时代的记录者，必须具备良好的素质，要长期从群众、从生活中汲取营养。他如是想，如是做。在1986年，当他受命创办浙江第一张晚报——《钱江晚报》时，经过深思熟虑，他提出了“心向读者，情系万家”的办报宗旨，推出了弘扬爱国主义主旋律、多侧面对青少年进行思想教育、热心为群众排忧解难、对不良现象进行有效舆论监督等一系列直接参与社会、服务群众的大型活动，在省内外引起轰动，被

琴瑟和鸣。

晚报同行誉为“走出了办晚报的新路子”。

在江坪担任浙江日报总编辑期间，他成功地实施了自己所制定的几个目标，比如说《浙江日报》《钱江晚报》《经济生活报》等报刊的扩版、改版和《美术报》的创刊，加强经营管理，使整个浙江日报从宣传到经营管理都迈入了先进行列。

江坪曾写过一篇以《心中的事业》为题的文章，表达了他愿为新闻事业献身，为浙江新闻界服务的拳拳之心。如果说当初走上新闻工作这一行是出于偶然，那么，新闻实践已成为江坪一生追求的事业。

从总编辑岗位转到主持省记协工作的江坪，依然为新闻事业奉献着自己的力量，为浙江的新闻工作者做实事，并且努力培养和锻炼年轻的新闻工作者，如定期举办新闻干部培训、搞不同形式的咨询服务，还在1998年开展了“当兵三日记者连”等活动。江坪一如既往地忙碌着，他已出版的《在甬江的怒潮中》（纪实文学）、《我们的圣人》（散文）、《微文集》（评论）等著作已与读者见面，今年又将有新的佳作面世。即将出版发行的《文画缘》即是江坪和华君武合作的结晶，100篇短文配100幅画，将在今年5月华老办画展时发行。

回首当年话如今，江坪颇多感慨。他说，无论是学习还是工作，永无止境是一句至理名言。

心中的歌

许多人听过谭丽娟的歌，她婉转清澈的嗓音，珠圆玉润的吐字，具有独特风格的民歌演唱方法，以及充沛的感情，使歌声亲切、新鲜、感人。谭丽娟以声情并茂征服观众，赢得掌声。

从13岁登台到如今年逾花甲，在漫长的歌唱生涯中，谭丽娟的“以心而歌”，正是她成功的秘诀。

在60年代，除独唱外，她还成功地塑造了歌剧《洪湖赤卫队》中的韩英、《夺印》中的何书记、《红松店》中的女红军等栩栩如生的形象。可以毫不夸张地说，谭丽娟的歌声通过荧屏、广播、舞台已留在了许许多多人的记忆里。曾经有一对夫妻，在街上认出了谭丽娟，恳求谭老师送他们一盒她唱的浙江民歌的磁带，喜爱之情溢于言表。

青年时，谭丽娟名动京华，毛泽东、周恩来等领导常常是她的听众，邓颖超这样叮嘱过她：“全心全意为人民服务，争取做一个合格的共产党员，这是对周恩来同志最切实的纪念。”

如今，谭丽娟依然致力于演唱事业，她培养了金永玲、张亚莉、郑颖、胡小娥等专业和业余的歌手，这些弟子都取得了不俗的成绩。

谭丽娟来自民间，有的是质朴的品格和纯真的心灵，而这正是她歌唱艺术常青的内在源泉。

有人说，艺术是一门真诚的功课，只有诚于中才能形于外。

谭丽娟出国访问演出。

谭丽娟始终这样认为：一个人的追求，应该是给我们的社会增添一点光彩，给我们的人民增添一点欢乐。她用导师陈冰的话勉励自己："干一行，就爱这一行，而且不怕困难，不三心二意，干到底，爱到底。"

牵手：爱的真正意义

"社会承认你是最大的幸福。""以事业为重，奉献为荣。"……江坪和谭丽娟是一对事业有成的夫妻，他们的家充满爱和幸福。

在生活中要达到事业成功、家庭幸福并非易事，但江坪夫妇做到了。这使记者不由地想起了那首广为流传的歌曲《牵手》。在闽南语中：牵手的含义便是相爱的人。而手牵着手走过漫漫人生路，彼此间又能各自独立发展，这需要很多磨合和理解。江坪说，他们家几乎没有休息天，各自都有做不完的事，但每逢星期六，江坪和谭丽娟一定要相携去打网球。江坪说，他很喜欢音乐和网球。说真的，他的网球技艺在新闻界还是鼎鼎有名的，去年曾获得全国新闻界网球邀请赛总编组冠军。

生活中江坪十分注重细节，比如说，在家里饭后洗碗便是他的专职。他把对家庭的浓浓爱意融进了这些细节之中，用自己的行动营造了家庭的温馨，形成了两人互相体贴、关心和彼此支持、理解的情感世界。

正是这种灵犀相通的心境，使他们实现了人生的自我价值，攀登了事业上一个又一个高峰。

他们俩，就像一对双子星座，自己闪着光，又互相辉映着，把生命的价值提升到了一种境界、一个高度。

江坪和谭丽娟对事业执着追求，真诚地待人接物，处处以身作则，对爱女江山红的影响很大。江坪教育孩子遵循“整体把握，个性不要扭曲”的原则。

江山红第一年高考落榜，第二年他们没有去干涉孩子的选择。江山红被中戏慧眼选中，如今在浙江电视台任编导，工作起来颇像江坪和谭丽娟，有一股子拼劲，这也许正是耳濡目染、潜移默化的结果。

当一个人回首往事之时，他发现自己没有很多的遗憾，自己所做的一切，都是为了自己所热爱的事业，而且一直没有停止自己前进的脚步，仍在脚踏实地地努力着。

这样的人，是值得我们敬佩和学习的。

当我们走近江坪和谭丽娟的生活和工作时，我们被这样的人生风景所感动，同时，我们也若有所悟：生活的路，我们怎样才能像他们那样走得更好！

健康知不足哉

体坛报记者 黄维

2002年12月21日

一

男主人叫江坪，六十开外，现任浙江省新闻工作者协会主席，曾任浙江日报总编辑，读书与写作是他工作之外最大的爱好；女主人叫谭丽娟，著名女高音歌唱家，浙江歌舞团艺术指导；他们唯一的爱女汲取父母之长，现在是浙江电视台的音乐节目制片人。

沉浸于自己的爱好，耕耘在自己的田地，充满乐趣与情趣。他们并不拘泥固守这片阵地，更为巧合的是，他们的触角不约而同涉及健身的领域。从小爱动的江坪，打网球充实了他的精神生活；谭丽娟对运动有浓厚兴趣，但总是被爱人嗤之以“缺少持之以恒的精神”；女儿常常忙得团团转，让父母宽慰的是，她懂得“八减一大于八”的道理，再忙也重视体育锻炼。

二

什么是“八减一大于八”？这是上个世纪50年代清华大学一句响亮的口号。江坪解释：“一天八小时工作时间，如果其中能有一个小时用来体育锻炼，或调剂精神，那么，工作效率将大大提高。”几十年来，他就是这句口号的忠实实践者。

江坪青年时代就爱打乒乓、打篮球。担任浙江日报副总编辑、总编辑期间，常常凌晨一点才能回家。锻炼没有时间！他有冠冕堂皇的理由。江坪摇摇头：“时间是靠挤出来的。”他的体育锻炼持之以恒。

1983年，江坪在中央党校学习，学会了“练功十八法”，一种健身操。近20年来，江坪一日不辍：每日清晨，必练一刻钟，连开会、出差期间也不例外。

女儿练瑜珈功，父女切磋，将瑜珈动作择其一二，融于练功十八法，推陈出新。江坪说，健身无固定模式，感觉身心愉悦即可。

三

在江坪的办公室，摆着两座奖杯：一座是浙江新闻界网球队获全国新闻界网球赛团体亚军；另一座是江坪在该项赛事中，获总编组冠军。何以看重这个荣誉？

一、该项赛事由他发起；二、他热爱打网球；三、时刻提醒记者编辑们，要注重体育锻炼。

江坪的网球缘分，已有近20年的历史。当时的浙江省委副书记崔健邀请他打网球。杀了几回，他就无法割爱。星期天休息，江坪立了“规矩”：不会客，不参加应酬。但只要去省体育馆网球场，准能找到他。

打网球活跃了他的思维。在网球场上，他无拘无束，大叫大喊，情感得以发泄。他喜欢打前场，前场来球速度快，需要在瞬间作出判断，他身手敏捷。江坪说："我精力比较充沛，思维比较敏捷，两三个小时的报告，不用讲稿。"倚马千言，不断锻炼不断积累致成。江坪又说："身体好，学习好，工作好。"这是辨证唯物主义的眼光。

无论是新闻事业，还是网球运动，江坪都起了很大的推动作用。10年前，在他的倡议下，浙江日报建起一片网球场。他提倡坐办公室的，要运动运动，也能增进记者编辑间的交流。他说："领导和大伙的情感交流，运动场是一个很好的载体。"如今，浙江日报有二三十人在坚持打网球。江坪很欣慰："有工作的接班人，也有运动的接班人。"

为打网球，江坪流过血，伤过腿，但还是坚持了。冬练三九，夏练三伏，锻炼贵在坚持。他说："我有种感受，每次锻炼，每次流汗，流了汗洗澡，特别惬意。"

四

5年前，江坪从领导岗位退居二线。他说，生理年龄不以人的意志为转移，但心理年龄要永葆青春。有了相对的空闲，打网球的次数，从每周一次，增加为每周两次。

江坪说，身体要与时俱进，知识也要与时俱进。他的书房题名"知不足斋"，为华君武的墨宝，学而知不足，是这个寓意。他的藏书上万，既"藏"也研读通读翻读，有计划地读点经典文学，也读理论著作。每天还要花个把小时读报，从中央到地方，林林总总有二三十种。他还学电脑网络知识，他说要跟上时代步伐。

创作的时间有了，写散文，写杂文，写论文，上了报出了书。8月下旬，欣闻全国体工会议召开，兴奋中写下《每天锻炼一小时》，发表在人民日报上。

读书写作，这也是修身养性之一种！

五

江坪兴趣广泛。他调侃说："我不当新闻记者，还能当歌唱演员哩。"受当歌唱家的爱人指点？江坪否认。他说从小喜欢练练嗓子，对民族的，美声的，通俗的，都有丁点造诣。有一年，访问日本，与友邦的总编赛歌，他拔得头筹。他还能弹钢琴。江坪说钢琴是件好乐器，难免有郁闷烦恼时，琴声悠扬，愁绪与不快随之升腾消失。

说起音乐，不能不说他的爱人谭丽娟。

谭丽娟是浙江省音乐家协会主席、国家一级演员，还在练唱腔、练身手，热心艺术指导。爱人评价她"心态很好"。身心健康的歌唱家，能声情并茂，能铿锵激昂。她的兴趣同样广泛。早几年，爱人"怂恿"她打网球，一度爱不释手。有一次扭了脚，伤好了，她的"网球生涯"没再继续。她怕再次受伤。

搬了家，健身器材进新居。最初一阵子，她对跑步器挺有兴趣，天天吭哧吭哧健身。过不了多久，“兴趣转移症”复发，不再玩了。

新居客厅宽敞，她想起抛小球健身。爱人“容忍”了她的“变化莫测”，天天陪她抛小球。这项运动锻炼思维，锻炼双手，运动量又不大，一边运动，一边有说有笑。可好景不长，她又要换花样了。

这次是打羽毛球。先是双手各握一只球拍，轮番接球，能上下百多次不掉球。后来觉得太单调，邀请爱人“加盟”。在客厅打半个小时的羽毛球，成了他们睡觉前的必修课。这个已坚持几个月。说不准哪天，爱人又要换口味！这是江坪所“担心”的。

六

江坪也有欣慰的，爱人无论怎么“挑剔”，终究有她喜欢的运动，还有女儿，也够评“文体积极分子”的资格。

女儿在浙江电视台工作，担任音乐节目制片人。她的生活节奏快，工作充满情趣，经常出差。她热爱体育健身，但只能挤点时间零星地进行。追求时尚运动，比如这阵子风靡的瑜珈功，她早就学上了，回来还跟老爸切磋。

平时女儿挺孝顺。约好时间，一家三口去散散步、逛逛街或到外地旅游，可惜这样的机会很少。

星星点点

镌刻在庐山上的心语

2011 年 8 月 18 日

上午，收到庐山文艺创作中心寄来的一本画册，记录的是我国众多著名音乐家在庐山上的题字。

庐山是中华文明发源地之一，被列入《世界遗产名录》。如今，在庐山天合谷景区，又建成一个“主旋律音乐石刻园”。在这条长达 800 多米的庐山“龙脉”上，镌刻了 110 名主旋律作曲家和歌唱家的题字。

2010 年早春，庐山文艺创作中心来函，邀请谭丽娟为石刻园写一幅字。她考虑再三，写了“以心而歌，以声传情”，让这 8 个字镌刻在庐山上，表达自己为人民音乐事业讴歌的赤诚。

女儿的心愿

1984 年 6 月 4 日

偶尔读了小群（女儿江山红小名）今天的日记，很感动。今晚，她在我下班前，将晚餐做好了，该煮的煮了，该蒸的蒸了，该烧的烧了，特别是那碗番薯、马铃薯汤做得很好。如果是我，还想不出两者一起烧呐！为此，我表扬了她。她在日记里写道:“我这样做，爸爸回来给他一个惊喜。我以后要经常尝试这样做，让爸爸少操劳点，使爸爸能吃上一顿美味的晚餐，这样既能让爸爸把更多的时间放到工作上去，又能使我加强独立生活能力，也算是一片孝顺之心吧！”

读了这段话，感到对女儿有了进一步认识！她确实是一个懂事的孩子。从表面现象看，她似乎有点娇气，有时“不太讲理”，说我“工作积极是自己找的”，说“我才不孝顺呐!”，这并不反映她的本质，事实上她知道我的工作重要，知道孝敬父母，知道自己要锻炼。她的进步比我想象的要快、要好，这是难能可贵的。

女儿江山红。

我们的书房：知不足斋

2000 年 4 月 3 日

华老来信，寄来了我书房名称的题字，内容有四种，供我选择："知不足斋""知难书房""攀登书屋""常乐书房"。我们全家商定为"知不足斋"。

链接

古人云：学而知不足。

知不足，是进步的基础。时代在发展，社会在前进。当今世界，客观形势错综复杂，科技进步日新月异，知识更新空前加快，各种思想文化互相激荡，有许多新情况需要熟悉，有许多新知识需要学习，有许多新领域需要探索，在层出不穷的新事物、新情况、新问题面前，昨天的饱学之士如果不是今日的勤学之人，也难免落伍。唯一的办法，就是"知不足而后学"，老老实实承认自己的不足，认认真真地加强学习。周恩来同志说："人最难的是认识自己，有了自知之明，就有了进步的基础。"每天看看满屋的古今中外书籍，就会感到自己知识的不足，就会自觉地、满腔热情地去求知。

知不足，是生活的准则。人贵有自知之明，应该成为在日常生活中严守的一个美好准则。面对差距与不足，有两种截然

华君武题写的“知不足斋”。

不同的态度：一是无动于衷，随波逐流；二是“知不足而后学”，奋起直追。不同的态度决定不同的行动，不同的行动必然带来不同的结果。为什么到处都有镜子，但有些人却不知道自己的样子？这就是因为，他们盲目骄傲或盲目自卑，镜子只能是一种装饰。

知不足，是实事求是。真正的自知，不仅要知道自己的限度和弱点，也要知道自己的可能性和力量。一就是一，二就是二，实实在在，心中有数。有了这样的自知之明，就不会陷入困境。上下五千年，东西南北中，从人体基因到天体宇宙，求知无止境。求知的过程，是实事求是的过程。

知不足，是求知的原动力。差距与不足是挑战，也是机遇。“知不足而后学”，是自身在实践中提出的迫切要求，也是行之有效的学习方法。人非生而知之，而是学而知之。生活之树常青。实践无终止，认识无止境，学习无穷尽。学海无涯苦作舟，书山有路勤为径。一分耕耘，一分收获。求知之路，以苦为伴，与勤同行。读万卷书，行万里路，从知之甚少到知之较多，做到活到老，学到老。

从学徒工到省记协主席

2020 年 3 月 7 日

人民出版社出版的《中国名记者》（第十八卷）一书，刊登了我从事新闻工作的经历：“从学徒工到省记协主席”。今天北京的朋友给我寄来两册，这是由国家新闻出版总署组织的编委会主编出版的，编辑廖为民。我是在党的培育下成长起来的，一定牢记初心，担当使命。附录原文：

江坪，笔名黎健，浙江镇海人。他无比热爱新闻工作，一直奋战在新闻第一线，从 20 世纪 60 年代在新闻业界崭露头角之后，跨越半个多世纪，至今依然笔耕不辍。他采集各行各业新闻，遍访全国各界人士，留下了许多精彩的新闻名篇和评论佳作，在祖国大地留下了具有鲜明个性的足迹。他为新闻事业作出了突出贡献，在中国新闻事业发展历史上留下了从一位学徒工到报社总编辑、省记协主席的佳话。

从学徒工到新闻记者

1934 年 11 月 7 日，江坪出生在浙江省宁波市镇海的一个普通家庭。现如今的镇海区蛟川街道迎周村迎师桥就是他的出生地，也是他难以忘怀的乡土之根。他在 2014 年回乡接受记者采访时，依然能讲一口流利的镇海老话：“我的根在镇海。”

1941 年，江坪随母亲等家人从宁波逃难到青岛，在那里读了小学。回到老家宁波后，由于战火不断，家里生活艰难，江坪刚刚读完初中一年级便辍学了。之后，在一家纺织厂当学徒工。当时厂里的童工很多，都过着水深火热的生活。新中国成立后，江坪积极参加工会等组织的活动，在一些会上代表工人发言，在党组织的培养下，成为一名优秀的工会干部。

1951 年，江坪被借调到宁波市纺织工会工作，他奋笔写下了一篇揭露不法资本家“五毒”行为的新闻稿件，被浙江工人报（现《浙江工人日报》）刊发。这篇稿件，无意中成为他走上新闻职业道路的一个起点和契机。

1952 年 9 月，江坪在浙江省总工会干部学校学习期满。毕业之际，被组织上安排到浙江工人报工作，从而完成了从学徒工到新闻记者的身份转变。2017 年 8 月，笔者采访江坪先生的时候，他依然非常谦虚低调地说他自己的起步很低很低。他就是从学徒工起步，在干中学，笨鸟先飞，勤学苦练，日积月累，在实践中不断练就起飞的翅膀。他一方面向老记者虚心学习新闻专业本领，一方面学习文化知识，业务水平迅速提高。1957 年，江坪采访了宁波早期工人运动领袖王鲲的事迹后，用了一个星期时间，废寝忘食、夜以继日地写出了一部 5 万多字的传记作品《在甬江怒潮中》，很快就在报上连载，并由浙江人民出版社正式出版。不久，江坪任报社文教组组长。

在岗位上。

从普通记者到主力记者

1961年，国家实行“精兵简政”政策，浙江工人报停刊，江坪被调到浙江日报当记者。在更大的舞台、更高远的天空，江坪还是以“笨鸟先飞”的姿态，开始了新的飞翔。

笔者在浙江图书馆内的报纸历史数据库中检索到，截至2017年8月，作者署名为“江坪”的文章，总计有184篇，最早一篇是发表在《杭州日报》1960年10月13日的《工农电站 大放光明》；最早在《浙江日报》刊发的新闻报道是《工人出身的党委书记》，发表在1961年6月20日。当年这些报道表明，江坪进入浙江日报之后，最初依然把笔墨倾注在对工业战线的报道上，到后来报道范围逐步涉及浙江社会生活的方方面面。到1966年为止，他采访的人物有工厂厂长、农村支书、老红军、县长、区长、农场知青、舰艇战士、少年儿童等等，采写的内容主题非常丰富，体裁多样，江坪从普通记者逐步成长、成熟起来。

然而，真正让江坪甩开膀子大干，并且干出一番事业天地的，是在改革开放之后。从检索记录看，从1979年到1986年，《浙江日报》刊发江坪采写的重量级新闻报道越来越多，从各种会议报道、文艺报道、成就报道到长篇的人物专访、改革故事、问题探索等，署名为“江坪”的大量文字，与浙江政治、经济、文化、社会生活紧密相连。其中比较有代表性的篇目有：

《天才即勤奋》(1979年3月11日)，生物学家童第周教授人物专访;《读〈可爱的故乡〉的一点联想》(1980年6月1日)，记述采访茅盾同志、约稿沈老的故事;《难忘的岁月光荣的传统》(1981年6月11日)，谭震林副委员长(解放后浙江省第一任省委书记)专访;《企业家的歌》(1983年4月26日)，整版报道步鑫生改革故事的长篇通讯;《胡耀邦同志听取省委的工作汇报》(1985年4月28日)，报道总书记视察浙江。从这些洋溢着热情、包含着新鲜气息和密集信息量的作品当中，可以看到江坪活跃于新闻一线的采访身影，记录浙江大地历史、刻画时代风云人物的纵横笔力。他已经从一名普通记者成长为能独当一面、驾驭重大题材的主力记者。

从编辑创新到报业改革

1986年8月30日，浙江省委召开书记会议，听取浙江日报社创办第一张晚报的汇报。9月3日，浙江日报社编委会确定由江坪负责《钱江晚报》的筹办工作。12月11日，浙江省委决定江坪任浙江日报副总编辑。1990年3月21日，浙江省委决定江坪任浙江日报总编辑。

江坪作为总编辑的业务指导思想生动体现在他所发表的一系列文章中，收录于2013年出版的文集《记者的足迹》中的第一卷《总编辑手记》，分9章，从多个侧面总结了他9年多总编辑业务工作的丰富经验和深刻思考。在接受笔者访谈时，江坪将其概括为两大关键点：一是大局意识，要学会“弹钢琴”，突出重点，也要兼顾细微。二是心向读者，情系万家。心里要有读者，套用现在新媒体的话就是要有“用户”意识，有受众，有情感，用情维系大众。从这些既统揽全局又细致入微的总编辑手记当中，能看到江坪作为总编辑的风格特色，以及是如何把这张大报办得富有活力，赢得省委满意、读者喜爱的。

在浙江日报总编辑岗位上的江坪，还有一项非常有成效的业绩，那就是在开创中国报业集团发展历程中，积极探索，走在全国前列。1994 年 5 月 31 日，江坪主持召开浙江报业集团筹备工作座谈会，全省 16 家报刊负责人出席会议，省委宣传部、新闻出版局各派处长参加座谈，座谈取得基本共识。6 月 10 日，全国首次报业集团研讨会在杭州举行，浙江日报社承办此次会议，江坪主持会议，并介绍浙江日报报业集团的筹备情况。这些工作在中国报业集团发展史上都是第一次，都是具有开拓性的，当时的总编辑江坪不遗余力地推进，浙江的报业集团即将在全国率先呼之欲出。尽管后来因故集团并没有在当年及时成立，而是在 6 年之后才成立，但是江坪对此作出了重要的历史贡献，他毫无疑问是浙江报业集团的开拓者和铺路人。

从新闻教育到关爱后辈

1995 年，江坪退居二线，由总编辑改任浙江省新闻工作者协会主席。在新的岗位上，他依然努力工作，创新工作方法，拓展新的领域。他经常深入到各新闻单位调研，了解新闻业界动态，还给各地新闻界同行上业务课。2002 年，他光荣退休，成为浙江省新闻工作者协会名誉主席，但他依然按时上班，记日记，写评论，发随笔。

退下来之后，他还把他的仁心厚爱投注到新闻教育事业，他曾在一篇怀念范敬宜同志的文章中写道:“老范与我各自在新闻岗位工作几十年，都有一个共同的心愿：为培养新闻后来人做一点工作。他在人民日报总编辑卸任后，担任了清华大学新闻传播学院院长，而我在浙江日报卸任后，担任了浙江理工大学文化传播学院院长。我们经常在通话中交流办学体会。”2013 年 11 月 9 日，在浙江理工大学文化传播学院创办 10 周年之际，江坪为全院师生作了“做一个传播正能量的媒体人”的讲座。2017 年 1 月 3 日，该院正式更名为史量才新闻与传播学院，江坪到会发表了热情的贺词，并且再次阐述史量才“国有国格、报有报格、人有人格”的“三格”精神，对学院办学寄予厚望。

此外，江坪还非常热心公益慈善事业，担任了浙江省慈善总会副会长、浙江省关心下一代工作委员会副主任等职务，投身其间，不亦乐乎。

江坪能保持旺盛精力和工作激情，得益于持续的体育锻炼。

其中，他最喜欢的是打网球，而且让他的工作受益不浅。他曾在一篇散文中写道："在双打中，我擅长打前场，对方球打过来，我要在零点几秒内作出准确的回击，这样不断练习，久而久之，受益匪浅。在采访或写作中，许多问题能作出快速反应，许多事情能够联想开去，应该说与打网球有关。"他在网球场上弹跳奔跑、挥拍叩击的优美身形，一如他的笔力，轻灵而敏捷，亲和而雄健。

这就是江坪，一位永不退休的新闻人。

独乐乐不如众乐乐

2015 年 9 月 15 日

省音乐家协会送来两本《浙江音乐家》杂志，内有介绍丽娟从事歌唱艺术之路的文章。作者是浙江日报高级记者冯颖平，她和丽娟相识相知数十年，相互十分了解，把丽娟的“艺术之路”写得真切、细腻。附录原文：

2015 年初秋的中国大地，到处回荡着歌声——胜利之歌、和平之歌、正义之歌、未来之歌……就连“九三”大阅兵的天安门广场，也有几千人的合唱团歌声嘹亮。

一时间，大江南北，千百万人在唱歌，红歌旋律，声声不息。

关于唱歌，百度的词义解释是：以抑扬有节奏的音调发出美妙的声音，给自己和他人以享受。

从 1956 年第一次登台唱“北风那个吹……”到指导学生在浙江省纪念抗战胜利 70 周年音乐会中唱“花篮的花儿香……”，谭丽娟，就这样唱歌几近 60 年。

60 年很短，在人类历史中只是一个瞬间；60 年很长，对一个人而言几乎就是一生的时间。

“谭老师”是圈里圈外人、年长年幼者对谭丽娟的称呼。

以心而歌。

她曾经是浙江歌坛的大姐大，在中国音乐界也是知名人物，至今担任过的各种专业职务、头衔很多很多。

我认识谭老师很多年了，还和谭老师做过多年邻居。那时候，叮叮咚咚的钢琴声和谭老师高亢的女高音，是大院里一道独特的风景。

然而认识谭老师几十年，我却不知道她的年龄——在我还比较年轻的时候，看谭老师就是一位敦厚的长者；而几十年过去，谭老师的形象依然如当年一般灿烂。

眼前的谭老师，穿着一身深色大花的连衣裙，脚上是一双红色的系带皮鞋。

看不出年龄的谭老师至今一直很忙。2015 年 8 月下旬，我约谭老师见面聊聊，可是她的“档期”满满，抽不出时间。

终于，我走进了“浙江省合唱协会”那间小小的办公室，看见谭老师办公桌上的台历，每天的日程安排写得密密麻麻：当评委，作辅导，参加会议。桌上还放着一叠叠青少年声乐考级表。虽然和我约了见面，可临时又有学生赶过来见缝插针地求辅导。

那天，我和谭老师在一起的时间段里看见来找她指导唱歌的人就有 3 个。当谭老师的手指灵巧地敲击在钢琴的黑白键上，当她亮开嗓子，声如裂帛，听到她歌声看到她形象的每一个人，都不会意识到她的年龄。

我曾经为谭老师的歌唱经历写过文章，有一次是1990年，那篇文章的标题是《从心而歌》。因为当时采访后，我最直接最真切的感受，就是谭老师是以心在歌唱。

时隔25年，我再次和谭老师谈到歌唱，谈到人生，我却觉得，谭老师不仅仅是用心在歌唱，更是把人生的追求，奉献给歌唱事业。而她挚爱的歌唱事业，不仅仅是她个人的事业，更关乎成千上万人的文化生活、精神享受。

这是一种新的境界，这是一种精神的升华。人是要有点精神的。谭老师让包括我在内的每一个接触到她的人，感受到一种正能量的精气神。

听谭老师介绍着自己把时间和精力，都倾注于浙江省的音乐事业，我脑海里骤然跳出那句出自《孟子·梁惠王下》的名言：独乐乐不如众乐乐。

两处两个连着的“乐乐”字面看似相同，读音和释义却都不同。第一个“乐”的读音是音乐的“yue”，而第二个“乐”的读音是快乐的“le”。整句名言用当下最直白的解释是：一个人欣赏音乐高兴不如大家一起欣赏音乐高兴。

听说过这句名言的人应该有很多很多。

而真正能够身体力行这句名言的人却不是太多。

以著名歌唱家的专业素养，以1958年入党的老共产党员的宽广胸襟，谭老师成为这句古老名言的践行者。

让我们一起溯时光之河，分享谭丽娟——谭老师的歌唱生涯。

一、“北风”吹开艺术门

这些年来，唱歌改变个人命运的故事传说得很多。

对谭丽娟而言，这不是传说确实是事实。就是一曲“北风那个吹”吹开了艺术之门，引导她走上了歌唱之路。

对于第一次上台的情景，我听谭老师说过，也用文字记录过这个场景。

2015年8月27日，再次听谭老师讲述60多年前的她第一次演出，我的眼前一如既往地浮现出一个农村大院里搭建的土台，以及下面坐在长板凳上，一群黑压压的乡里乡亲——

谭丽娟的妈妈是小学音乐教师，带给她与生俱来的歌喉和对音乐与生俱来的挚爱。土改那年，妈妈参加了工作队，白天忙着分田地，晚上还要到各个村里去演出。耳濡目染，谭丽娟学会了《白毛女》等那个时代的流行歌曲。

谭丽娟不会忘记13岁时的第一次登台“演出”——那天晚上，土台上点着一盏汽油灯，妈妈和一群大人当晚演的是一出反映土改的小歌剧。她跟着在后台看热闹。突然汽油灯灭了，台上台下一片漆黑，戏没法再演下去只能暂停。台下的乡亲开始哄乱，有的叫喊起来，有的准备回家。台上，演出队的队长叔叔急中生智，一把拉过她说：“哎，丽娟，你赶快上去唱几

谭丽娟在农村舞台上，为农民兄弟们演唱（1957 年）。

首吧。”

有机会唱歌谭丽娟当然很高兴。她懵懵懂懂地被推着到了台前，人还没站稳，歌声已经冲出口:“北风那个吹，雪花那个飘……”这是她最喜欢的歌，所以唱得特别用劲用心。

听到稚嫩却熟悉的歌声，乡亲们又围拢来，坐下来。谭丽娟越唱越有劲，唱完一支再唱一支，从“北风那个吹，雪花那个飘”唱到“扎红头绳——人家的闺女有花戴，我爹钱少不能买，扯上二尺红头绳，对着镜子扎起来……”，再唱了“哭爹爹——霎时间天昏地又暗……”。直到汽油灯重新放亮，乡亲们看到台上唱出这一首接一首歌的竟然是个小姑娘，都使劲鼓起掌来，为她清脆悦耳的歌声叫好……从那以后，谭丽娟成为土改演出队的编外队员，翻山越岭为乡亲们演出。

脑洞大开的我曾经想过，如果那天谭丽娟没有去看演出，如果那天晚上演出中的汽油灯不曾熄灭，如果谭丽娟不会唱“北风吹”等许多歌……那么她的人生之路是不是会和现在完全不一样？！

历史从遥远的过往走来，只走一遍无以重复。

因而，历史没有“如果”。谭丽娟唱的“北风吹”，之所以能够为她吹开艺术之门，是因为机会总是留给有准备的人，哪怕这份准备有可能是无意识的。

1955年底，在义乌文化馆举办的业余文艺骨干培训班演出中，谭丽娟登上了县城的舞台。她在歌剧《白毛女》《打猪草》中的表演，引起了来自杭州的省群艺馆老师的关注。不久，她入选“浙江省民间歌舞巡回演出团”。1957年，省里在巡回演出团的基础上成立了浙江省民间歌舞团，谭丽娟从此开始了职业文艺生涯。

现代医学研究表明，人的记忆是有选择性的。历经60多年岁月的流逝冲刷之后，谭丽娟仍然清晰地记得那个夜晚那个场景，是因为这件事改变了她的人生，所以任凭时间荏苒，这份记忆不会模糊。

1956年9月谭丽娟参加了文化部举办的第一届全国音乐周，她和民歌队的姐妹们演唱了多首浙江民歌，受到专家关注，后被选入中南海怀仁堂为党和国家领导人作专场演出。20世纪五六十年代，谭丽娟和姐妹们先后录制了几十首浙江民歌，如金华民歌《小弟歌》，东阳民歌《韭菜歌》《盼姑娘》，余杭民歌《姐在园中摘青梅》，昌化民歌《李三宝》，等等。在周恩来总理关怀下，她被派往上海声乐研究所，向林俊卿博士学习科学发声方法。

在几十年的艺术实践中，谭丽娟扎根于民族艺术的土壤，不断充实和提高自己。她曾向各艺术团体的老艺术家学唱多种唱腔，如评弹、绍剧、婺剧、越剧等，使自己的演唱水平达到了一个新的高度。谭丽娟曾拜著名绍剧表演艺术家陈鹤皋为师，

与索马里歌唱家在木瓜园内纵情歌唱（1977 年）。

学习戏曲发声方法。她的歌声之厚实，就是得益于绍剧的雄浑高亢。

谭丽娟演唱过众多民族、美声的名曲，还首唱过浙江省词曲作家的歌曲，如《西湖为什么这样美》《于无声处听惊雷》《龙井茶虎跑水》《采桑小路》《黄浦太湖结成亲》等。同时，她还扮演过歌剧《洪湖赤卫队》中的韩英、《红松店》中的女红军、《夺印》中的何书记等艺术形象。

谭丽娟先后出访过法国、日本、马来西亚、索马里、阿尔及利亚、摩洛哥、埃及、突尼斯、塞内加尔等国，用自己优美的歌声广架友谊的桥梁。

蜂采百花而酿蜜。作为一位女高音歌唱家，谭丽娟终于创造出有自身特色的演唱风格。她的演唱是什么风格呢？高亢激越，清亮透明。唱《马儿哟，你慢些走》，唱《看见你们格外亲》这些歌时，有人称她“小马玉涛”。要说两人的风格是有相近之处，因为她俩都跟林俊卿博士学咽音练声体系。但谭丽娟另有一些属于自己的细腻委婉、质朴甜美。犹如家乡那条东河，有潺潺细流也有浪花飞溅，无论缓缓地，还是急急地，却总是一往直前。

二、经久难忘《蝶恋花》

人生总有一些永志难忘的事。以一个女高音歌唱家之身份，谭老师魂牵梦萦，驱不散、醒还忆的总是一首又一首的歌。

最是难忘“蝶恋花”。

一首歌是一个时代。

一首歌是一段生命。

我问谭老师："这60年的歌唱生涯中，你最难忘的是哪首歌？"

谭老师回答："当然就是《蝶恋花》。"

这个答案在我的意料之中。因为《蝶恋花》是谭老师唱的次数最多、演唱水平最高的一首歌。

谭丽娟是一位为美好生活而歌的人民歌唱家。她的个人演唱生涯，定格在一串具有关键意义的数字：献身音乐艺术五十年第一场师生音乐会，学生有100多，到场演唱28位、一位盲人学生唱《报答》。

2007年12月2日晚，流光溢彩的浙江音乐厅。舞台正中的背景是淡雅浅色的花朵，上面"谭丽娟师生音乐会"8个红色大字显得格外耀眼。

曾经是浙江歌坛一姐的谭丽娟，是新中国成立后浙江第一代女高音歌唱家、浙江声乐奠基人之一。她多次为毛泽东、周恩来等党和国家领导人演出，她的歌声流过神州大地，渗入无数听众的心。用现今的流行语来说，当年她的"粉丝"绝对不会少于时下的"超女"。

对于现在的年轻歌手来说，开场个人音乐会似乎不是什么大事。但这位先后拥有中国音乐家协会理事、中国合唱协会常务理事、浙江省音乐家协会主席、浙江省合唱协会理事长、浙江省声乐学会会长等头衔的资深歌唱家谭丽娟，却才举办她平生第一场师生音乐会。

其时，谭丽娟已经献身歌唱事业50余年，在杭州、在浙江、在中国乃至世界多地的舞台上，登台演唱成千上万次，而走上写着她自己名字的舞台却还是第一次。但即使是以“谭丽娟”命名的音乐会，本该是绝对主角的她也只唱了一首歌。对此她的解释是：“很多学生是从外地赶来的，我就只唱一首吧。”最终师生音乐会上，学生们的独唱有12首。

台上，从全国各地赶来的28名学生，众星捧月烘托着谭老师，一起演绎了这场别开生面的音乐会。

台下，时任浙江省政协主席周国富，省委常委、宣传部部长黄坤明，以及部分老领导、老艺术家、老歌迷和年轻人共享这场音乐盛宴。主持人宣读了时任浙江省委副书记、省长吕祖善的来信：“谭丽娟同志，感谢你长期以来为我省音乐事业和文化发展所作的贡献。”

当学生们唱了一支又一支风格多样的歌曲之后，音乐会的主角终于出场，音乐会的高潮终于到来——谭丽娟身着绣花的紫色晚礼服，款款行至舞台中间。她向乐队指挥轻轻致意，开口一句“我失骄杨君失柳”，柔中有刚，哀不伤志，就紧紧抓住了观众的眼和心。

说《蝶恋花·答李淑一》凝聚了谭丽娟歌唱事业的全部精华也许有点夸张，但《蝶恋花·答李淑一》的成功演唱绝对是她歌唱事业的一个里程碑。《蝶恋花·答李淑一》是一支以江南评弹为基调谱写的歌曲。它的发声、运气，以及演唱风格，既要有评弹的柔软、委婉、优美，又要表达出对忠魂早逝的痛惜之心，还要有评弹吐字特有的吴侬软语，这些都增加了演唱的难度。

时年70岁的谭丽娟唱得风采依旧。“直上重宵九”那个“上”字先如高天裂帛，忽又行云流水。尤其是最后那句“忽报人间曾伏虎，泪飞顿作倾盆雨”，更是唱得大气磅礴，跌宕起伏，荡气回肠。

谭丽娟在师生音乐会上唱的唯一一首歌，选择《蝶恋花·答李淑一》是有原因的。她说，当年周总理很喜欢听她唱这首歌，还指点她说演唱民歌“既要有民族性，又要有科学性”。现在她再唱这首歌，就是想请大家检验一下，她是不是真正实践了自己的学艺理念。

当谭丽娟唱过《蝶恋花·答李淑一》后，浙江省里8位德高望重的文艺界名人送给她两件书法作品以表祝贺：一件中间是四个大字“实至名归”，两边有密密麻麻的文字。另一件是对联“传薪励宏志，捷报慰周公”，讲的正是当年周恩来总理指点谭丽娟学唱《蝶恋花·答李淑一》之事。1956年，谭丽娟参加由文化部举办的第一届全国音乐周，因为演唱的都是带着泥土芳香的民歌，被选入中南海为毛主席、周恩来总理等中央首长作专场演出。

1959年，谭丽娟先后两次见到周总理，一次是在北京参加国庆十周年大型文艺演出时，在天安门观礼台上看到了正在检阅海陆空阅兵式的周总理；另一次是参加党中央在上海召开会议时的演出活动，谭丽娟和她的姐妹们为周总理演唱了浙江民歌。

20世纪60年代初，谭丽娟被送到上海声乐研究所进修，演唱技巧得到了较大的提高。她的音域宽了，表现力增强了，不仅能唱民歌，还能唱中国歌剧选段及外国歌剧咏叹调等。在上海进修时，她多次向赵开生学习由他谱曲的评弹《蝶恋花·答李淑一》，运用科学的发声方法，结合评弹的吐字、行腔、归韵等，成功的演唱得到音乐界圈内圈外的好评。

最令谭丽娟难忘的，是两次为周总理演唱《蝶恋花·答李淑一》：第一次是1964年的一个秋夜。西湖水轻拍堤岸，西湖柳轻拂人面。晚会上，谭丽娟再次见到了敬爱的周总理，并为周总理演唱《蝶恋花·答李淑一》。

悲壮凄婉的前奏如秋风吹过。谭丽娟轻启双唇，齿间吐出一个长长的“我”字，深深地触动了听众的心弦。待唱到“杨柳轻飏直上重霄九”，听众已随着唱腔升腾到高处和嫦娥神游。

突然迸出那句“忽报人间曾伏虎”，谭丽娟咬住“曾”字转悲壮为欢乐，及至唱到“泪飞顿作倾盆雨”时，她的眼睛里闪烁着喜悦的泪光。

谭丽娟的手被周总理温暖的大手握住，周总理高兴地问：“你是哪里人？叫什么名字？”谭丽娟笑呵呵地回答：“总理，我叫谭丽娟，是义乌东河人。”

“噢，东河我去过。”周总理马上又说，“你这个义乌人学评弹可真不容易啊！学得不错么，就是有两个字还不太准确，就是嫦娥的‘娥’字，忠魂的‘魂’字。”周总理边讲边哼唱，谭丽娟也跟着学唱起来。周总理还亲切地说：“再好好练练，下次我再听你唱。”

谭丽娟牢牢记住周总理的叮咛，将《蝶恋花》一字字、一句句、一遍遍低吟浅唱，揣摩着曲中神韵，盼望着周总理再听一次……

秋去冬来。周总理又到杭州，谭丽娟又见到周总理。见面周总理就说：“你叫谭丽娟，是义乌人。《蝶恋花》唱得怎样了？”谭丽娟激动得只说出一句话：“总理，我马上就向您汇报。”

控制住自己的激动，谭丽娟将日日的苦练和对周总理的爱戴都凝集到一曲《蝶恋花》中，唱得委婉缠绵却不乏凌云壮志。

周总理听完演唱满意地说：“不错，有进步。”一位年轻演员能得到周总理的关怀和指点，这在中国声乐界引起了轰动，留下了一段佳话。

三、桃李芬芳春满园

2015年9月1日晚，由省委宣传部、省文化厅、省广电集团联合举办的浙江省纪念抗战胜利70周年音乐会，在杭州的省人民大会堂隆重举行，浙江歌舞剧院女高音歌唱家郑培钦演唱了大家耳熟能详的《南泥湾》。

虽然郑培钦现在是国家一级演员、中国音协会员、浙江歌舞剧院首席歌唱家，但就在一周前，郑培钦还跑到谭老师身边，讨教演唱《南泥湾》这首老歌的处理。

谭丽娟称得上是一位桃李满天下的老师。几十年来，她培养了国家一级演员金永玲、胡晓峨、王一山、张亚利、周雪松、郑培钦，国家二级演员郑颖、魏小燕。在全国声乐大赛获奖的有：省武警文工团演员方瑶获第十一届CCTV青年歌手大奖赛民族组一等奖，陈建彬获第九届全国城市歌手大赛金奖，张焱获2005年世界华人艺术节中国总决赛声乐类青年组通俗唱法金奖，王泽民获第四届全国残疾人汇演民族声乐组一等奖，谢晓曼获第八届全国残疾人汇演民族声乐组特等奖。

师生音乐会上，一曲女声齐唱《我的家在江南》之后，男声独唱《赞歌》，女声独唱《龙井茶虎跑水》。谭老师的学生演唱的歌曲既有国外音乐剧《猫》的主题歌和歌剧经典唱段

《今夜无人入睡》，也有流行的通俗歌曲《走出喜玛拉雅》《月亮之上》等，民族、美声、通俗，各派唱法同台放歌，异彩纷呈。

那天的师生音乐会上，有一位特殊的演员：盲人谢晓曼。“是谭老师把我从黑暗的孤独的角落里扶到了充满光明的大舞台上。”谢晓曼站在舞台上，深深地鞠躬，向关爱她、关爱残疾人的谭老师表示谢意，随后的一曲《报答》更表露出她的心声。

身为浙江省慈善总会理事，谭丽娟觉得慈善就是博爱就是奉献。谢晓曼是谭丽娟关心帮助过的许许多多残疾人中的一个。小谢家在海宁，虽然眼睛看不见行动不方便，但她经常会赶到杭州向谭老师求教。小谢不能看见老师演唱时的口型和发声状态，谭老师就拉着她的手放在自己的腰部、腹部，让她感受应该怎样运气。炎夏酷暑，小谢摸到老师的衣服湿淋淋地贴在身上，可老师还是一丝不苟地教着、唱着。小谢的眼泪再也忍不住流下来。拜谭丽娟为师以来，老师为她付出了多少心血和汗水啊！

谭老师一直和谢晓曼保持着联系。2014 年，谢晓曼以一曲《九连环》获得全国残疾人汇演民族声乐组特等奖。2015 年 5 月，谢晓曼竺盛祥一家被评为“全国最美家庭”，浙江省获此殊荣的家庭只有三个！ 2015 年高考，谢晓曼的儿子以高分考进浙江大学。听到这些好消息，谭老师打心眼里为谢晓曼高兴。

谭老师的爱心当然不仅仅是对谢晓曼一个人。从2000年开始，连续7年她带领部分学生及省内著名演员来到“慈善年夜饭”舞台，一起用飞扬的歌声，传递拳拳爱心。

若干年前，谭老师曾经受邀在杭州师范大学钱江学院担任过声乐客座教授，她带的学生，一届最少七八个，最多时有十七八个。这一层面的本科生总数超过一百个。学生们毕业后有不少和谭老师一直保持联系，因为一个共同热爱的歌唱事业。

2015年8月下旬的那天，我看到三个来找谭老师的人，其中两个就是当年钱江学院的学生。尽管已经毕业多年，但学生有专业或者非专业的问题，都会来找谭老师聊聊。

一个人的歌声要流传下去只靠现代录音录像技术就行。当谭老师把对歌唱事业的挚爱，随同歌唱的技巧一并传承给许许多多的学生，此时音乐已经上升到精神奉献、灵魂洗礼的高度，她的歌唱之路上，呈现一派桃李芬芳春色满园的盛景。

四、至美之声是合唱

2015年8月14日晚，由浙江省文化厅、浙江歌舞剧院、省合唱协会联合举办的纪念中国人民抗日战争暨世界反法西斯战争胜利70周年“和平三部曲”之二——《和平之歌》大型合唱音乐会在省人民大会堂举行。

来自全省各地近800人组成的12个合唱团，以爱国的热情，在昂扬的《反法西斯胜利大合唱》之后，从《义勇军进行曲》唱到《春天来到了》，再唱到《抗敌歌》，一首首脍炙人口的经典曲目逐一在大会堂里上演。

谭老师这次没有上台引吭高歌。她是这场音乐会的艺术总监。

我问谭老师："你现在不演出了，都在忙些什么呢？"

谭老师回答，很长一段时间以来，她几乎把所有的精力都投入到浙江省的合唱事业了。我说你是女高音歌唱家，咋去忙乎合唱？那可是完全不同的两种表演形式啊。

在谭老师给我普及的声乐知识中，我快速脑补了合唱与独唱方法之异同：合唱是一门共性的艺术，解决好演唱的共性是合唱的关键。合唱共性强调队员发声状态、位置、音色以及表达情感等诸多方面的统一与和谐，而独唱完全是个性艺术，它的演唱达到一定程度时以拥有自己的独特风格和音色作为目标。优秀的独唱者都在努力形成具有自己鲜明特点的表现风格。

用谭老师的话一言以蔽之："独唱张扬个性，合唱追求共性。"

这位曾经的浙江省歌坛一姐谭丽娟，从省合唱协会1996

年成立至今，两届的理事长都是她。

我看到的一份30多年前报纸的复印件，也许是谭老师致力于合唱事业的初衷：1983年10月29日的《人民日报》头版头条，以《歌唱演员义务演出，宣传文明感染青年》为主标题，对浙江歌舞团的演员到全省一些大中学校普及音乐知识，提高青少年音乐鉴赏能力的行动作了报道。其中有一段文字是专门写谭老师的：“浙江歌舞团副团长、著名女高音歌唱家谭丽娟闻讯后，对五人演唱小组的做法十分支持，并多次参加他们的义务普及音乐活动，和五人小组的成员一起骑着自行车去一所所学校，热情地为青少年演唱和讲解音乐知识。”

看着这些文字，我就想起了那个时代的名言：一花独放不是春，万紫千红春满园。

诚然，一朵牡丹的美丽可以美轮美奂，但一片花海所产生的巨大震撼力却是一朵花无法企及的。人声的交响、集体的艺术，合唱就是这种能产生巨大震撼力的艺术形式。正因为如此，从离退休干部到社区居民，从莘莘学子到外来务工者，合唱正感染着越来越多的普通人，深深地影响着大众的生活。

谭老师介绍，省合唱协会成立近20年来，从举办合唱指挥培训班起，由初级到中级再到高级，先后请国内外名师来上课，为浙江合唱事业打下了坚实的基础，如今已造就了3个浙江省的合唱品牌：提出创办“浙江合唱节”，并已成功承办了两届；创办浙江省老年合唱交流（点评）演唱会，已举办了六届；创办浙江省首届“长者情”声乐大赛，已举办了三届。

那天我在省合唱协会的办公室，其间不断有人进进出出，不少人是来报名参加2015年的第四届“长者情”声乐大赛。

有位外国音乐界名人曾说：“合唱是任何教育工作都不可替代的重要组织形式。”因而许多发达国家都将学校的合唱活动当成培养学生高尚情操和团队精神的一项重要工作。

提起国际上的合唱节，谭老师感慨万分：“欧洲的合唱历史已经有1700年，而中国只有100多年。”至于浙江的合唱事业，在她看来已经逐步从中国的“第三梯队”奔向“第一梯队”，并积极参与国际性赛事——2010年7月，绍兴市就举办了被誉为世界合唱界“奥运会”的第六届世界合唱节。其时，省合唱协会也参与了不少工作。

2012年5月23日，以“和谐的浙江、人民的节日、合唱的盛会”为主题的“首届浙江省合唱节”在杭州庆春广场拉开帷幕。

由谭老师任理事长的省合唱协会承办了这次合唱节。早些时候，谭老师向省领导写了一份《第一届合唱节筹备工作情况汇报》。时任省委副书记、省长夏宝龙作了批示：“应该支持办好第一届合唱节，让更多的音乐爱好者投身其中，是精神富有

“谭丽娟师生音乐会”在浙江音乐厅举行（2007 年）。

的题中之义。”

在开幕式的音乐会上，杭州市机关艺术合唱团、江干区濮家小学紫阳花艺术团“爱乐”合唱团、浙江省新四军历史研究会合唱团、绍兴市文理学院女声合唱团、中国计量学院男声合唱团和杭州市民合唱团共6支各具特色的高水平合唱团演绎了经典合唱歌曲，充分展示了合唱艺术的魅力。音乐会的最后，全场同唱《歌唱祖国》，将整个开幕式的氛围推向了高潮。

看着开心唱歌的老老小小，谭老师觉得自己长时间以来所付出的时间、精力和心血都得到了最好的回报。她的追求，就在于文艺应当采取人民大众喜闻乐见的方式，文艺应当以为人民服务作为出发点和目标。这不仅是艺术的意义和价值所在，更是艺术家的责任和担当。合唱节期间，由中央音乐学院教授杨鸿年、台湾合唱音乐中心执行长陈云红、匈牙利李斯特音乐学院合唱指挥等名家领衔的合唱指挥大师培训课、合唱指挥高峰论坛等活动先后举行。

有音乐家说：“最美的声音是人声，最美的人声是合唱。”合唱之美，美在大俗大雅。据说现在全国有几十万支合唱队，杭州的合唱组织也是遍地开花。我在杭州西湖边走一圈，经常可以听到一个个合唱群体的嘹亮歌声。

翻着浙江省合唱协会编印的两本薄薄的画册《至美之声是

合唱》（1996-2011，2011-2014），我看到了合唱协会这些年来的历程。一张照片就是一个活动，一行文字就是一场演出——既然是大事记，当然必须言简意赅。

以我参与搞过几次全省性文化活动的感受，这每一场活动的背后，需要承办者花费几个月甚至几年的时间和精力。

至美之声是合唱。省合唱协会创建之初，全省仅有20多个合唱团队，经过近二十年的努力，目前已有几千个团队，活跃在工厂、乡村、学校、机关、连队和社区。在各类合唱比赛中，浙江团队频频取得骄人成绩，至今共有近百支团队在全国和国际性赛事中获得金奖，引领全省合唱运动迅速普及、走向高潮。

声与声和谐，心与心共鸣，合唱让更多的人领悟到了音乐之美、和谐之美。在谭老师心中，浙江合唱节的目标是成为国内一流、具有国际影响和业界权威的合唱盛事。

当我敲着这些文字的时候，谭老师一如既往地在忙，为了更多人的快乐歌唱，忙着评审，忙着辅导。

我感慨谭老师的境界和体力。很想知道个中奥秘。

上网“百度”，还真给我找到了“唱歌有益健康”的理论依据。美国歌唱教师协会总结出了唱歌12条好处，第一条就是歌唱时进行深呼吸，能增强肺部功能，清新血液。其他还有，歌唱能促进思维活跃、增强自信心、增强记忆力等等。

而通过歌唱可以增进对梦想的追求，对理想的探索，这就属于精神境界的升华了。

历史在流淌，时代有变迁，一直不变的是永远年轻的心态。

我相信，歌唱者永远会年轻。

谭老师以自己的歌唱之路，以她一直的神采奕奕作出了最好的明证。

而谭老师的精神境界所在，还是那句古老的名言：独乐乐不如众乐乐。

后记

文 江坪

日记，是一个人经历的储存地，可称为一座宝库，记载着自己人生道路上每一点进步。坚持写日记，可以积累人生的经验，汲取多种知识，提升思维能力，磨炼自己的意志。

我已出版的《记者的足迹》《记者看天下》，许多内容就是从日记中摘录和拓展的。

经过细细的翻阅，我将60多年日记中值得牢记的时光，一一摘录下来，从多个侧面、微观的视角，聚集成《生活的果实——记者日记选》。

感谢省新闻工作者协会主席李丹写的“前言”，是鼓励，更是鞭策，文中有一句话讲得极佳，就是“始终以记者名义自爱自重”，因为新闻工作者肩负重任，推动社会进步。为此，我不忘初心，笃行不怠。

《生活的果实——记者日记选》的出版，省新闻工作者协会的傅亦军、刘卓文同志作了许多工作，红旗出版社的徐艳同志和美术编辑也做了精心编辑和设计，在此表示感谢。

图书在版编目（CIP）数据

生活的果实：记者日记选 / 江坪著. -- 北京：红旗出版社，2022.10
ISBN 978-7-5051-5305-9

Ⅰ. ①生… Ⅱ. ①江… Ⅲ. ①日记—作品集—中国—当代 Ⅳ. ① I267.5

中国版本图书馆 CIP 数据核字（2022）第 141512 号

书　　名　生活的果实：记者日记选
著　　者　江坪

责任编辑　徐　艳　　责任校对　吕丹妮　沈云才
责任印务　金　硕　　封面插画　源自齐白石扇面
出版发行　红旗出版社
地　　址　北京市沙滩北街 2 号　　邮政编码　100727
　　　　　杭州市体育场路 178 号　　邮政编码　310039
编 辑 部　0571-85310198
E-mail　498416431@qq.com　　发 行 部　0571-85311330
法律顾问　北京盈科（杭州）律师事务所　钱　航　董　晓
图文排版　浙江新华图文制作有限公司
印　　刷　浙江至美包装彩印有限公司
开　　本　710 毫米 ×1000 毫米　1/16
字　　数　150 千字　　印　　张　16.25
版　　次　2022 年 10 月第 1 版　　印　　次　2022 年 10 月第 1 次印刷
ISBN 978-7-5051-5305-9　　定　　价　88.00 元